THE
LOVE

最爱

—— 安晴 著 ——

天津出版传媒集团
天津人民出版社

图书在版编目（CIP）数据

最爱 / 安晴著. -- 天津 ： 天津人民出版社，
2015.10（2020.3重印）

ISBN 978-7-201-09622-3-01

Ⅰ．①最… Ⅱ．①安… Ⅲ．①长篇小说－中国－当代
Ⅳ．①I247.5

中国版本图书馆CIP数据核字（2015）第212540号

最爱

ZUI AI

安晴 著

出　　版	天津人民出版社
出 版 人	刘　庆
地　　址	天津市和平区西康路35号康岳大厦
邮政编码	300051
邮购电话	（022）23332469
网　　址	http：//www.tjrmcbs.com
电子信箱	reader@tjrmcbs.com
责任编辑	玮丽斯
装帧设计	赖　婷
制版印刷	三河市华东印刷有限公司印刷
经　　销	新华书店
开　　本	660毫米×960毫米　1/16
印　　张	16
字　　数	156千字
版权印次	2015年10月第1版　2020年3月第2次印刷
定　　价	42.80元

目 录

CONTENTS

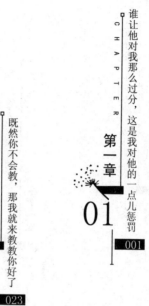

CHAPTER

第一章

01

001

谁让他对我那么过分，这是我对他的一点儿惩罚

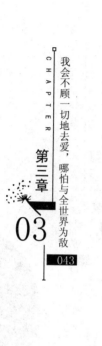

CHAPTER

第二章

02

023

既然你不会教，那我就来教教你好了

CHAPTER

第三章

03

043

我会不顾一切地去爱，哪怕与全世界为敌

CHAPTER

第四章

04

067

从今以后你就是我的了，我绝对不会放开你

CHAPTER

第五章

05

091

我并不认为一个让你撒谎的人，能给你幸福

目录

CONTENTS

CHAPTER

第六章

以后我会一直陪在你的身边，不会让你感觉孤单的

06

115

CHAPTER

第七章

是不是为了他，你真的连哥哥还有爸妈都不要了

07

139

CHAPTER

第八章

不管这个世界对我们有多残忍，我们都不要分开好不好

第八章

08

163

CHAPTER

第九章

如果这次你敢再推开我，我就再也不原谅你了

09

181

CHAPTER

第十章

只要有你在，我的心里就装满了你

10

201

EPILOGUE

尾声

看在你那么想跟我结婚的份儿上，我就勉为其难把你娶了吧

223

THE

LOVE

第一章

谁让他对我那么过分，
这是我对他的一点儿惩罚

C H A P T E R

01

碧空如洗。

今年的春天来得很早，气温升得很快，刚刚二月底，到处洋溢着满满的春日气息。

刚刚冒出新芽的树枝为春日里点缀了充满生机的一抹绿意。小鸟站在抽芽的树枝上欢快地吟唱，仿佛在动情地演奏着一曲美妙的春之交响。

大街上也是一派熙熙攘攘、车水马龙的喧闹景象，一切都显得那么井然有序。

一辆漂亮的跑车在马路上歪歪扭扭地行驶着，因此显得格外引人注目。

只是这辆车时而如同蜗牛一般缓慢前行，时而又突然发了力般迅疾，让人有些捉摸不透它的行驶轨迹，看上去有点儿滑稽可笑。

阳光柔和地铺洒下来，驾驶座上，一个穿着湖蓝色毛衣的女孩微微蹙眉，脸上充满困惑的神色。

阳光映照在她白皙透明的脸庞上，更加衬得她的肌肤如同水晶般晶莹剔透，大大的眼瞳如同黑色的玛瑙般明亮闪耀，宛若蝶翅般的长睫毛随着眼睛的眨动上下忽闪，充满灵气，她小小的樱唇此时紧紧地抿在一起，看上去一副非常紧张的模样。

　　纪依辰修长而白皙的手指紧握着方向盘，她一边紧张地透过后视镜注视着四周的车辆情况，一边自言自语着："这边是刹车，这边是油门，天啊……没想到开车居然是这么烦琐的一件事，之前看哥哥开车的时候怎么不觉得呢……"

　　她脸上布满了纠结而困惑的表情，就像一个初入人间懵懂的精灵，每一个细微的动作都透着几分俏皮可爱。

　　突然，耳边突然传来"啪"的一声，这声音不大，但神经原本便紧张不已的纪依辰着实吓了一跳。

　　她下意识地朝着声音的发源处望去，原来是手机掉到了副驾驶的座位底下。

　　她轻轻舒了一口气，可是那只手机却像有感应似的，突然响了起来，屏幕上赫然出现"纪轩毅"三个字。

　　"完了，是哥哥的电话……"

　　纪依辰蹙眉，抽出一只手来想去抓手机，但不管她怎么努力似乎都差那么一点儿才够得着。

　　以往觉得分外悦耳的手机铃声在此刻却像是追魂般的声音一直响个不停，让她更加焦躁不已。

　　本来她今天擅自一个人开车出来，哥哥就非常担心她，如果她一直不接电话，他肯定以为她出了什么事，说不定还会大惊小怪地率领一大帮人风风

火火来找她……

想到这里，她便觉得一阵头疼，只得再次侧弯着身子伸长了手去捡手机，也不得不将车子的速度再次减慢。

可是后面的车辆立即不满地响起了催促的鸣笛声，非常刺耳，她皱紧了眉头，原本想专心开车不再管手机，但手机似乎跟她杠上了一样，更加不依不饶地叫嚣着。

纪依辰一阵心烦意乱，窗外的阳光斜斜地洒在她的脸上，满额头的汗珠在阳光中如碎钻般闪烁。

"不管了！"心情无比焦躁的纪依辰终于豁出去了，索性果断地弯下腰，将手伸向那只一直响个不停的手机。

她将手机稳稳地握在手中，绷紧的神经还未来得及放松，便听到车窗外骤然传来一声惊恐的叫喊声："天啊！"

纪依辰猛然抬起头——

刚刚她弯下腰之前还是绿色的交通警示灯，此刻居然已经变成红色了！

当然这不是最重要的，最重要的是她这辆漂亮的跑车如同脱了缰的野马，居然失控地冲向了人行道！

刚刚考到驾照的她可从未遇到过这样的突发状况，于是被这样突如其来的状况吓得脑袋一片空白，整个灵魂都出窍了一般，丧失了本能的反应。

人行道上的行人们看到这辆跑车横冲直撞地冲了过来，吓得呼啦一下四散逃开，场面一时间极为混乱。

然而，人行道中央有一个推着餐车的大婶好像身体被定住了，竟然站在原地纹丝不动，也许是被眼前的场景吓傻了，她脸上只剩下了极度的惊恐，完全忘记了如何闪躲！

"大婶！快，快让开啊！"纪依辰惊恐失控地大喊。

那一刻，纪依辰的心脏几乎停止了跳动，流动的血液也瞬间凝止，密密麻麻的冷汗跟恐惧将她包围。

可是大婶却充耳不闻，整个人像被点了穴般呆呆地看着那辆失控的跑车，直直地向自己冲了过来。

纪依辰回过神来猛踩刹车，可车子还是由于惯性往前驶去。她只能听天由命地闭上了眼睛，不敢再去看眼前即将发生的景象。

千钧一发之际，一个白色的身影突然闪了过来，在跑车即将撞过来的前一秒，伸出手将大婶用力一拉，避开了跑车的直面撞击。

"砰"的一声撞击巨响，跑车撞上了大婶的餐车，这惊心动魄的一幕让所有人都倒吸了一口冷气。

相撞的一瞬间，纪依辰整个上半身都狠狠地撞在了方向盘上，胸口跟额头上传来一阵剧烈的疼痛。

"好痛！"她忍着剧痛慢慢地抬起头来，小心翼翼地透过前方的挡风玻璃望出去。

眼前可谓是一片狼藉。

虽然冲击不算太强烈，但简陋的餐车还是承受不住压力变了形，上面的

各种食物跟器材散落一地，凌乱不堪。

但是，餐车旁并没有大婶的身影！难道她被撞飞了？

想到这个可能性，纪依辰只觉得世界瞬间灰暗了下来，绝望得欲哭无泪。

她屏住呼吸，试图找寻大婶被撞倒的身影，向四周扫了一眼，却意外地发现大婶还好好地站在路边！

大婶的身边站着一个身材颀长的男生，男生微微俯着身子，似乎在询问大婶什么，虽然看不见那个男生的脸，但仅仅是一个背影，已显得鹤立鸡群。

如果是平时，纪依辰说不定会多欣赏几眼，可是，此时她哪儿还有心思去看帅哥，她现在有更严重的事情需要关注！

她用手摸着被撞痛的额头，撑着几乎被吓得虚脱的身子，打开车门跳下车。

昨天是她二十岁生日，这辆车是爸爸妈妈送给她的礼物，她可不想第一天开出来就弄出点儿事故来啊！

她焦急地绕到车子的保险杠位置查看情况，当她看到车头部位只是有些刮痕后，才如释重负一般松了口气。

"还好没被撞毁！"她用手轻轻地拍了拍胸口，只是轻轻碰了一下，胸口就疼得要命，她忍不住怀疑自己的肋骨是不是被撞断了。

此时，一阵隐约的饭菜独有的香气在空气中漫延开来。

纪依辰吸了下鼻子，本能地循着香气望了去，只见刚刚被她撞倒的那辆餐车，此时静静地歪倒在人行道上，地上撒满了一地的食材跟饭盒。

她暗自松了口气，好在人没事，餐车毁了，最多给大婶赔点损失就是。

于是她的注意力又转移到了自己的新车上，看着那一道道明显的刮痕，她痛悔不已。

这时，刚刚被吓傻的大婶也终于回过神来，她跑向那辆被撞烂的餐车，心疼地看着散落一地的盒饭号啕大哭起来："老天爷你为什么要对我这么不公平啊，好好的一车盒饭，我大半夜起来开始准备的，全都卖不出去了，可怎么办啊！我还等着把这些盒饭卖了，攒钱给我女儿交学费啊……"她努力想将那些散落一地的饭菜重新装到餐盒里恢复如初，那是她唯一的收入来源，她还没卖出去一份，别说赚钱了，连成本都没有收回来。

旁边有人过去劝大婶不要再捡了，捡回去那些盒饭最多也只能拿来喂猪，大婶更加伤心欲绝，那抽泣声，让人动容。

几个路人纷纷来到大婶的身边安慰她，帮她把餐车扶正，纪依辰怔怔地站在原地看着，强烈的内疚感如潮水般将她淹没，可是，从来没有遇见过这种状况的她，一时间不知道该如何处理。

这时，之前救下大婶的男生紧锁双眉，将目光投向站在那里一动不动的纪依辰，眼里的怒火渐渐燃烧起来。

旁边一个个无关紧要的路人都知道过来劝劝大婶，她这个罪魁祸首怎么还可以一副置身事外的模样？

难道不知道别人的劳动成果有多么的来之不易吗？

傅司铭微微眯起眼，漂亮的眼睛显得更加狭长深邃，只是眼中那抹凌厉的光芒让他整个人透出几分危险的气息。

而下一秒，他抬起脚步朝纪依辰走了过去。

而纪依辰正沉浸在自己的世界里，思索着该怎么补偿大婶以及怎么处理被撞坏的新车……

直到傅司铭沉着脸站在她面前，她才觉察出状况不对。

她抬起头，有些诧异地望向他。

阳光柔柔地铺洒下来，映照在他的脸庞上，将他帅气的脸庞镀上一层神秘而圣洁的光晕，棱角分明的俊逸脸庞在柔和的光芒下显得更加帅气。

她感觉到了他身上的那抹危险气息，因此情不自禁地往后退了一大步。

"请问，你找我有事吗？"她疑惑地看着眼前的男生，小心发问。

傅司铭却不说话，只是冷冷地盯着她的脸庞，眼中溢满冷峻的气息。

纪依辰抑制住心里莫名的畏惧，仰起下巴，努力让自己发出的声音保持平静："你这么看着我做什么？"

"难道你的眼睛里，就只能看到自己吗？"

薄薄的唇微启，他的声音冰冷得不带有一丝感情，就像是沉积在深潭里的终年寒冰。

他的话掷地有声，一个个字却是重重击打在她的心上。

她转过头，看着被弄散一地的饭菜和那辆被撞烂的餐车："我……"在他强大的气场威慑下，她只觉得解释些什么都只是徒劳，想要道歉，却觉得这三个字此时是那么苍白无力。

可是傅司铭却丝毫没有打算放过她，语气非常不满："你知道吗？从开始到现在，你看得最多的都是你自己的车，根本都没有去关注大婶的情况……"

"不是的，我没有……"纪依辰低下头，无力地辩解着。

"你只是关心自己的损失，难道你就看不到大婶此时有多么伤心吗？"傅司铭步步紧逼，"还是说，你觉得根本不值一提？"

"我没有那样想！"纪依辰回过神来，倔强地反驳着。

"是吗？你真的没有这样想？"傅司铭冷笑一声，微微眯起眼，眼神里有一丝嘲弄的味道，"如果你真的没有这样想，难道你的第一反应不是应该先冲过去关心差点儿被你撞到的人吗？"

"我看到了啊，大婶好好的不是吗？所以我才看看我的车有没有弄坏……"纪依辰仰起脸，鼓足勇气看着傅司铭，"再说，餐车坏了又不是什么大事情，大不了赔给她钱就是了……"纪依辰说着话，从口袋里拿出钱包。

傅司铭听着她不以为然的语气，眼中的怒气愈演愈烈。

可是纪依辰显然并没有察觉到他眼中的危险信号，她低垂着头，认真地数着手中的钱，兀自说下去，"其实……其实我也不知道具体要赔偿多少，我今天没有带多余的钱，这些可能不够……"看着脸色依旧冷峻的傅司铭，

她勉强笑了笑赶紧说，"不过没关系，我先打个电话，我哥很快就会带钱过来的！"

说完，她急忙掏出手机来拨通了一个号码，对方很快就接听了，手机里传来纪轩毅熟悉而又焦灼的声音："依辰，你刚刚怎么不接我电话？"

"哥，我现在不跟你多说了，刚发生车祸了，你赶紧带钱来救我吧！"纪依辰边说边四处张望了一眼，紧接着说道，"我在清行路的十字路口。"

通话很快结束，纪依辰还未抬头，便感觉一股寒意将自己笼罩了起来，她下意识地抬头，刚好对上傅司铭冰冷的目光："原来在你的心中，对别人造成的一切伤害只要拿钱来摆平就可以了？"

他的眼中闪过一丝寒光，整个人仿佛黑暗中降临的使者。

话语里浓浓的嘲弄让纪依辰觉得有些莫名的委屈："我没有那么说过啊。"

"难道你不觉得，你应该先向大婶道歉吗？"傅司铭看着她，表情依旧冷冷的。

本来不用他提醒，纪依辰也想要去和大婶道歉，可是看着眼前这个家伙咄咄逼人的样子，她产生了一股逆反情绪："我要不要去道歉和你有关系吗？"她抬起头，看着傅司铭赌气说道，"如果道歉有用的话，那还用经济赔偿干什么？一会儿我哥哥就会拿钱来赔偿给大婶了。刚刚你不是问我是不是对别人造成的伤害可以用金钱来衡量吗？我现在就告诉你，没错，就是这样的！"

见傅司铭的神情越来越惊愕，她觉得有种胜利的快感，眼神挑衅地看着他说："所以，你也不用再在这里跟我说什么了，因为在我看来，那些全都是没有任何营养的废话！"

可是话音刚落，"啪"的一声，巴掌声在空中响起。

一瞬间，纪依辰感觉到自己的左脸颊上传来一阵火辣辣的痛！

她下意识地用手捂住脸颊，惊愕地看着傅司铭："你，你打我？你居然打我？"突如其来的疼痛感让她晶亮的眼中涌出了泪水，乌黑的眼眸也因此蒙上了一层水雾。

她怎么都没想到，他居然会扬起手打她！这个奇怪的陌生人，凭什么这么野蛮和粗鲁！

她紧紧地咬着嘴唇，脸颊因为过分激动而显得更加红润，像是美丽的樱花花瓣，让人心生爱怜。

傅司铭看着她脸上那五个清晰的手指印，俊脸上也闪过一丝复杂的情绪。

他向来不喜欢脾气骄纵、永远以自我为中心的大小姐，而且，她刚刚的那番话着实过分，所以他才一时失控教训了她。

可是手刚刚落下的瞬间，他就后悔了，就算面前的这个女孩再怎么糟糕，他也不该这么冲动。

尤其看到此时眼中溢满泪水的她，委屈得像个无助的小孩子，他心底突然涌出浓浓的不忍跟后悔。

只是这种情况下，骄傲的自尊心让他无法说出任何示弱与道歉的话语，因此他只是神色复杂地注视着纪依辰，却依然抿紧唇默不作声。

纪依辰并不了解他此时心中百转千回的情绪，因此她气鼓鼓地嘟起嘴巴，一双明亮的眸子恶狠狠地瞪着傅司铭，却也并没有再用言语来和他对峙。

她抬起手臂看了看手表，已经过去半个小时了，哥哥应该快来了吧？她在心里不停地祈祷着，轩毅哥哥快点儿来吧，快点儿来吧……只要他来了，看这个男生还敢不敢欺负自己。

她狠狠地瞪了傅司铭一眼，可是他却像是没有任何察觉一样，只是冷冷地站在那儿，像是一尊英俊而完美的雕像。

时间一分一秒地流逝着，也不知道究竟过了多久，终于，不远处传来了跑车行驶的声音，纪依辰循声望过去，下一秒，瞳孔里溢满了巨大的惊喜。

"哥，轩毅哥！"她开心地朝着那辆漂亮的跑车挥手，高兴得简直就要跳起来了！

跑车慢慢地停下来，稳稳地停靠在纪依辰身边。

车窗缓缓落下来。

一张俊美无比的脸庞映入眼帘。他的五官俊逸立体，如刀刻斧凿，更像是古希腊最完美的雕塑，黝黑的头发在阳光的照射下泛出健康的光泽。

少年白皙而修长的手指优雅地放在车把手上，轻轻转动，车门随即被打开。

一个身材修长挺拔的少年从车上款款地走了下来，略显小麦色的皮肤在阳光下呈现出性感的光泽。

"哥！"纪依辰蹦蹦跳跳地跑到他的身边，犹如一只活泼灵巧的小鹿，"哥，你怎么这么久才来？"她仰起脸看着纪轩毅，心里终于如释重负，她相信，有他在，就没什么解决不了的。

"我已经用最快的速度赶过来了，怎么样，你有没有事？"纪轩毅也微微皱着眉头，显然很担心她。

"哥，你来了就好，我没事。"话虽如此，但她因为心虚而下意识地用手摸了摸刚刚被打红的脸颊，不想被他看到脸上的痕迹，但心里的委屈又不自禁地蔓延开来。

细心的纪轩毅很快捕捉到了她眼中的细微变化，他朝着四周看了看，阵阵饭菜的香气溢进鼻腔，看着地上的一片狼藉，他神色凝重地问："刚刚发生了什么事？"

纪依辰心里有些愧疚，于是小心翼翼地说道："是我不小心撞坏了大婶的餐车……"

她的话还没说完，就被纪轩毅异常紧张的声音打断了："撞得这么严重？那你有没有受伤？"

他急忙拉住她的手上上下下将她打量了一番，关切之情溢于言表。

"没关系，我没事，你不要太担心啦。"见他这么担心自己，纪依辰急忙摇了摇头，脸上努力扬起一丝微笑。

尽管是这样，纪轩毅显然还不是很放心："不过，我觉得还是有必要去医院检查一下比较好。"他低沉地说。

"不用这么小题大做吧……"纪依辰有些不以为然。

"怎么会没有必要呢，要是爸爸妈妈知道了，还不知道会有多心疼呢。"纪轩毅说着，疼惜地用手摸了摸她的头发。

"哥……"纪依辰心里暖暖的，其实刚才出事她也吓个半死，只是一直强撑着，现在有人安慰和关心她，反而觉得鼻子一酸，差点儿哭出来。

"一定要去医院检查一下，医生说没有问题了，才会让人彻底放心。"纪轩毅继续坚持道。

"还是哥哥最疼依辰，对我最好了。"纪依辰俏皮地朝他眨眨眼。

纪轩毅笑了笑，用手爱怜地拍了拍她的头："你这番话让爸爸妈妈听到，还不知道有多吃醋，好了，你先在这里等一下，哥马上就回来。"

他说完径直朝着不远处的大婶走过去，高大而帅气的身影在太阳光的照射下，拉出一条长长的影子。

纪依辰转过脸，将目光投向一直安静地站在不远处的傅司铭，他感知到她的目光，因此也转过脸来。

四目相对。

她不服气地朝他扮了个鬼脸，模样十分可爱，让他有些哭笑不得。

还真是个孩子。

傅司铭心里暗暗地想，不知为何心下突然变得柔软起来。刚刚冲动之下打了她一巴掌，此时他心中还真是有些懊悔，也不知道她的脸颊现在还疼不疼……

这样想着，他认真地打量着纪依辰，发现她脸上的红印子逐渐消退了，不仔细看已经看不太出来了，此刻只余下一些小小的红点，像是盛开的点点樱花。

他这才暗暗地松了口气。

而此时的纪轩毅，已经走到了大婶面前。

他还没开口说话，就先礼貌地对她略微欠了欠身，模样优雅而贵气。

"真是十分抱歉，我妹妹车技不是很好，不小心撞坏了您的餐车，让您受惊了……"

"没……没关系……"大婶仰起脸，有些紧张地看着眼前这个高大而帅气的少年，他的衣着是那么的高贵，举止是那么的优雅，对待自己的态度却又这么礼貌周全，因此让她有些受宠若惊。

纪轩毅轻轻微笑，随即从钱包里拿出几张钞票，毫不吝啬地全都递给了大婶："不管怎么样，这件事归根结底是我妹妹不对，这些钱您就拿着吧，当是对您的补偿。"

大婶略微低头，看着他手中的那好几张钞票，眼中的惊愕不自禁地逐渐放大！

天啊！

"不不不……"她朝后退了两步，本能地摆手拒绝道："这些钱太多

了，我……我可不能收。"

纪轩毅笑了笑："这是你应得的，毕竟……"他用手指了指地上的一片狼藉，模样潇洒，"这些都是我妹妹造成的损失，您就拿着吧。"

"这……"大婶犹豫地看着他，有些不知所措。

"大婶，您就拿着吧，不要再推辞了！"纪依辰也跑到了纪轩毅的身边，从他的手中拿过那些钞票往大婶的手中塞了过去，"这是您应得的，回去好好把餐车修一下，还有您女儿的学费，您也赶紧交了吧。"

她诚恳地看着大婶，一双眼睛就像是夜空中最明亮的星星，澄澈而宁静。

"这……"大婶听完她的这番话，明显犹豫了起来。

"好啦，您就拿着吧，要不然，我心里真是非常过意不去，刚刚的事情都是我的疏忽，真的非常对不起，请原谅我！"纪依辰诚挚地朝着大婶鞠躬表示歉意。

傅司铭静静地看着不远处正在发生的情景，不禁有些失神起来。看来是他误会她了，她其实不是那么蛮不讲理的女孩子，只不过可能第一次遇到这种事，一时之间惊慌失措，不知道该怎么处理也在情理之中……

傅司铭看着这边的目光很快被纪轩毅察觉到了，他转过脸，探究地看了傅司铭几秒钟，眼神充满疑惑，又露出隐隐的敌意。

"我们走吧，哥。"纪依辰说着紧紧拉住了纪轩毅的手。他的手掌厚实而宽大，她把自己的手放在里面充满了安全感，心里格外踏实。

"他是谁？"纪轩毅朝那边努努嘴，轻声问道。

"他啊……"纪依辰顺着他的目光看过去，与傅司铭的目光在半空相接，她忍不住没好气地回答道，"他嘛，只是个不相干、坏脾气又粗鲁的路人罢了。"

不相干，坏脾气，粗鲁。

听到这些评价，傅司铭微微眯起了眼。

原来自己在她的心里，竟然是这样的形象，他莫名地觉得有几分挫败感。

见纪依辰如此漫不经心的模样，纪轩毅忍俊不禁地笑了："我们回家吧，依辰。"他拉住她的手，迈开脚步朝着不远处的跑车走过去。

刚刚走出几步，纪依辰突然停下脚步："哥，等我一下。"说完她轻轻挣脱开他的手臂，朝着不远处的傅司铭跑过去。

她要去干吗？

纪轩毅微微皱眉，充满疑惑地看着她跑远的背影。

纪依辰几步就跑到傅司铭身边，扬起脸庞凶巴巴地说道："看见了吗？我已经和大婶道过歉了，而且……我也并不是你认为的那种没有教养的女孩子。"

她说得极为郑重，神情看起来还有些气鼓鼓的。

傅司铭忍不住笑了笑，用修长的手指轻轻摸了摸鼻翼，看着她却没有说话。

"你……你还笑……"看到他的笑，纪依辰更加气不打一处来，"我告诉你，你少得意了，以后有机会我一定会好好教训你的！我是说真的哦！"她还煞有介事地朝着他象征性地扬了扬拳头。

"那我随时恭候。"傅司铭饶有兴趣地说道。

"哼……你就等着瞧好了。"见并没有威慑到对方，纪依辰心里有些挫败，不过也顾不上那么多了，因为轩毅哥还站在那里等着自己呢。

她转身朝着纪轩毅身边走去，却发现他的目光一直望着傅司铭那边，"他……到底是谁？"他直视着不远处的傅司铭，眼中充满警惕。

"都说啦只是路人甲而已，况且……我也真的并不知道他的名字，总之就是阿猫阿狗之类的。"她漫不经心地答道。

纪轩毅犹豫了片刻，见站在阳光下的纪依辰额头渗出了几颗晶莹的汗珠，他没再多想，急忙体贴地拉开车门："我们走吧，先去医院给你做个检查，然后我再送你去学校。"

纪依辰刚要坐进车里，突然感觉到脚下有个硬邦邦的东西，她下意识地低下头往地上看，竟然发现地上躺了一只皮包。

她弯下身捡了起来，这是谁的皮包呢？

"快上车吧，依辰。"已经坐到驾驶位的纪轩毅催促道。

"好的，我知道了。"纪依辰含糊地应了一声，猛然想起刚刚这个位置，就是傅司铭拉着大婶躲开的地方，这么说这只皮包，或许就是他的？

他那么讨厌又粗鲁，才不要还给他，就让他着急一下吧……

“依辰，你在做什么？”纪轩毅催促的声音再次响起。

纪依辰只好索性把皮包藏进自己的包包里，然后才拉开车门坐进去。

跑车潇洒地拐了个弯后，向着相反的方向绝尘而去。

傅司铭站在原地，安静地注视着跑车消失在视线尽头，想起刚刚纪依辰在自己面前故意凶巴巴放狠话的模样，忍不住扬起嘴角，露出一个有些无奈的笑容。这个女生，简直就是个被宠坏的小孩嘛，不过，还真是有几分可爱呢。

柔和的音乐声在车内流淌。

想到刚刚傅司铭不以为然的骄傲冷淡模样，纪依辰心里还是很不服气。

这个讨厌的家伙，不知道她是认真的吗？总有一天，自己会给他点儿颜色看看，教训他一下，就让他等着瞧好了，哼！

因为心里想着事情，她一直都没开口说话，因此车内显得格外安静。

纪轩毅觉得她有些反常，因此忍不住通过后视镜打量起她来：“依辰，以后再也不许一个人单独开车了，这样很危险，知道吗？”

“我知道哥哥关心我，可是也不能总是把人当成小孩子嘛。”纪依辰有些不满地说。

“那我只好把今天的事情告诉妈妈了。”纪轩毅的表情看上去有几分遗憾，“反正我也管不了你，就只能让妈妈出面了。”他故意吓唬道。

“千万不要！”没等他说完，纪依辰急忙打断了他的话，连连摆手，

"千万不要把这件事告诉妈妈，拜托你了哥！如果告诉妈妈的话，她不但会禁止我开车，可能还会限制我出门呢。"纪依辰的模样可怜巴巴的。

"那也总比出事故好，不是吗，你这样真的让人非常担心。"

"那……那我答应你，以后绝对不会一个人开车出门了好不好……"她的语气软下来，低声央求道。

"真的吗？"纪轩毅似乎不太相信。

"当然是真的了。"她冲着他重重点了点头。

"那好吧。"纪轩毅勉为其难地应道，他还真是拿他的这个妹妹没有丝毫的办法啊。

见纪轩毅答应替自己保密，纪依辰总算松了口气。她低垂下头，将目光投向自己的包包，想起刚刚捡到的那只皮包，于是低头将包包打开，把那只黑色的皮包拿了出来。

纪轩毅瞥了她手中的那个黑色皮包一眼，颜色跟款式一看就不像是女孩子的东西。他吃了一惊，有点儿不敢相信地问："依辰，你拿了人家的皮包？"

"暂时拿了而已！"纪依辰纠正他的用词，娇俏的笑容中略带几分狡黠，"谁让他对我那么过分，这是我对他的一点儿惩罚，等他乖乖向我道歉了，我再还给他！"

纪轩毅知道她心地并不坏，每次不管嘴里说得多硬多狠，但其实比谁都心软得快。

所以即使他并不赞成她的这种做法，但他也没再说什么，任她自个乐呵呵地打着她的小算盘。

纪依辰将皮包打开，喜悦感跟成就感瞬间就消失得无影无踪，这么大的一个皮包里面居然只有一百块钱！

事实上她只是想借此机会气一气那个可恶的家伙而已，但谁会为丢了一百块钱而生气？

"小气鬼！"

她有点儿扫兴地嘟囔着，正准备合上皮包扔一边，过两天再还给人家的时候，不经意间发现钱包里居然还有一张学生证！

她的好奇心顿时被勾起来了，将那张学生证拿出来仔细地瞅了瞅。

证件上的姓名栏上写着"傅司铭"三个字，她若有所思地点点头，哦，原来他叫这个名字。

名字倒是蛮好听的，就是性格不招人喜欢。

虽然心里对证件的主人满是鄙夷，但她的视线却还是被证件上那张照片给吸引住了。

照片里的傅司铭五官精致俊朗，如同出自艺术家的手笔，就连在这种证件照上，她都挑不出一丝瑕疵。

尤其是那双黑白分明颇有透视力的眼睛，仿佛能直接看到她的心里去，竟让她瞬间莫名地心慌意乱起来！

她连忙下意识地将视线移开，紧接着又落到了学校那一栏上，她难以置

信地睁大眼睛，上面赫然写着"英启大学"几个字。

他们居然是校友！

想到以后在学校里有很大的可能性会跟他经常碰面，她心里不由自主地闪现出一丝异样的情绪，仿佛是为了掩饰内心的某种感情，她赶紧合上皮包，将它往旁边一扔，似乎这样就能不再心烦意乱了……

THE
LOVE

第二章

既然你不会教，
那我就来教教你好了

C H A P T E R

02

　　湛蓝的天空下，英启大学的学生们迎来了悠闲的课休时间，带着青草香的春风轻轻拂过走廊，舒适得仿佛恋人般的耳语。

　　纪依辰跟金媛媛像往常一般倚着走廊的栏杆，凑在一起聊着身边大大小小的趣事。

　　"依辰，你在跟我开玩笑吧？傅司铭是谁你都不知道？你没听过他的名字？"

　　听好友讲完那天的一番奇遇后，金媛媛那张娇俏的脸庞像戏里的演员般露出了夸张的表情，瞪着一双水灵灵的大眼睛看怪物似的看着纪依辰。

　　"我没听过他的名字很奇怪吗？这学校里多得是我不认识的！"纪依辰一脸的不以为然。

　　"那不一样啊！"金媛媛恨铁不成钢似的直跺脚，"那可是傅司铭啊，你怎么可以不知道！"

　　"我怎么不可以啦，他又不是我什么人，我还非得知道他不可。"金媛媛越激动，她反而越不当回事。

　　金媛媛被她气得不行，决定不再跟她卖关子，直接说道："依辰，你可知道傅司铭可以说是咱们学校的门面吗？你知道学校里的老师都以他为荣吗？人家每年都拿奖学金，可是直接保研的，本来国外好几所大学都看中了他，想挖他过去，咱们学校可是使出了浑身解数才把他留下来呢，IQ高人又帅，气质出众……"

在列出了他一番长长的好处之后，金媛媛缓了口气，接着说："你知道咱们学校里百分之九十的女生都暗恋他吗？更可怕的是，在如此受欢迎的程度之下，他居然从来没有跟任何女生交往过，可见意志有多么坚定！"

听到这里，纪依辰终于忍不住"扑哧"一声笑了出来，调皮地眨了眨眼睛说："那是柳下惠好不好！"

金媛媛又气又急地瞪着她："你别瞎说好不好，被其他女生听见你这么说傅司铭，她们一定会跟你拼命地。"

"金媛媛同学，你要不要说得这么夸张，傅司铭真有这么出名这么受欢迎的话，我怎么不认识他，我怎么又不喜欢他？"

回想起今天早上傅司铭恶劣的行为，纪依辰心底充满了不屑，那些看中傅司铭的女生肯定眼睛都有问题吧！

金媛媛看着她笑眯眯地说："所以我才说百分之九十啊，只有你是个例外。"

看金媛媛一脸意味深长的样子，纪依辰又莫名地好奇起来："为什么我是例外？"

金媛媛将她从上到下打量了一番，越笑越贼："哈，你充其量就是个小

孩嘛！"

"金媛媛！"倍感羞辱的纪依辰瞬间大怒，"今天就跟你绝交！"

下午，舞蹈室。

明媚的阳光透过大树的枝丫，再透过透明的玻璃窗细细碎碎地洒进室内，像被切碎的宝石般闪闪烁烁，将整间舞蹈室衬得温暖又柔和。

身穿芭蕾舞服的纪依辰踮起脚尖练习着舞步，每一步都练得非常认真，在所有的舞者中，她不是身材最好也不是最漂亮的，但她格外轻盈的身姿仿佛就像一只高贵优雅的白天鹅，不经意间，就成了那个最吸引人眼球的舞者。

纪依辰正跳得认真投入的时候，被悄然靠近的金媛媛推了一下肩膀，她吓了一跳，还来不及出声责备，就听金媛媛压低声音说道："外面有人找你！"

"谁呀？"纪依辰一脸迷糊。

"你猜？"金媛媛眨眨眼睛，又跟她卖起了关子。

纪依辰没兴趣陪她玩："我又不是神仙，我怎么猜得出来？"

"猜不出来就算了，我这会儿不跟你多说了，回来我再好好盘问你！"说着，金媛媛就将纪依辰往门口毫不犹豫地推了一把，嘴里连连说道，"快去快去，别让人久等了哦！"

纪依辰一脸莫名其妙地往前走，舞蹈室外是一间休息室，平时学生们跳完舞换完衣服就会来这里休息一会儿，买瓶饮料边喝边聊天。

此时休息室内的窗口，一个身材颀长的男生随意地倚在那里，身后的阳光无声地将他笼罩。

那一瞬间，纪依辰突然间有点儿分不清到底是阳光衬托了他身上的光芒，还是他让阳光也逊色了。

但有一点让她不得不承认，一个男生能把一件普通的白衬衫穿得这样有味道，那本身的魅力也够有级别了。

不过，她并没有被他的外表迷惑到失去理性，不是都说越帅的男人越坏吗？她可是深以为然！

于是，她摆出一副自认为自然又大方的姿态，走到他的面前，仰着下巴问："你怎么知道我在这里？你来干什么？"

然而，她一开口立刻就泄露了内心的慌张。

"这不是问题的重点。"傅司铭开门见山地问道，"我来这里是想找回属于我的东西的，我的钱包是不是在你那里？"

本来因为理亏在先导致有些心虚的纪依辰听他问得这么干脆直接，心里有点儿不舒服了，她像是没听见他说话似的，转身去自动贩卖机里买了一杯玻璃瓶装的咖啡，姿态休闲地喝了一口，然后才漫不经心地反问道："在我这里又怎样？"

说完，她一脸挑衅地望着他，她就是要气气他！看他能拿她怎么样！

傅司铭却一点儿都不恼的样子，他不紧不慢地走过来，俊朗的面容上没

有一丝表情，只平静对她说了三个字："还给我。"

"你说还给你就还给你啊？"纪依辰一下子就急了起来，她理直气壮地瞪着他道，"那昨天你还打了我一巴掌呢，我是不是也要还给你啊？这样也行，你只要让我也打一巴掌，我就把钱包给你！"

傅司铭深深地看了她一眼，沉吟了片刻后，他才说道："你不还我钱包也没事，但如果我因为里面的证件丢失而惹出了麻烦，到时我也要一桩一桩跟你慢慢算。"

他说话的声音分明那样轻，但听起来却充满浓浓的威慑意味，纪依辰心里莫名就有些心虚起来，心脏跳得厉害，脸上却强装镇定，嘴里还硬邦邦地说："你爱怎么算怎么算，关我什么事。"

说完，她就急匆匆绕过他，打算往舞蹈室走去，但结果或许是她太紧张了，手一抖，攥在手中的饮料瓶子"砰"的一声掉在地上，碎了一地，一片片碎玻璃在地上散发着冰冷的光芒，让她突然间不敢再乱动了，她现在穿的是舞蹈鞋，脚底只要不小心沾上一片玻璃碴，她的脚肯定就会受伤。

她这下悔得肠子都青了，买什么咖啡嘛，又苦又涩又难喝，摔在地上还让她没法走，她这辈子再也不要装腔作势喝什么讨厌的苦咖啡了！

怎么办？她要不要大声喊人过来帮她？可是，她身边不就站着一个人吗？

纪依辰偷偷地转过头去瞅了一眼身后的傅司铭，发现他也正好整以暇地看着自己，完全一副看好戏的姿态。

她不由得有些恼羞成怒："喂，你这个人要不要这么没品啊！你知道绅士二字怎么写吗？"

傅司铭被她气乐了，这小丫头怎么动不动就像是一只被人踩了尾巴的猫，随时都想咬人的样子？

他将双手随意地插入口袋，嘴角含着一抹邪魅不羁的笑，看着她云淡风轻地说："那你要不要教下我，绅士两个字该怎么写？"

"你！"纪依辰被他堵得一时半会儿说不出话来，娇俏的小脸瞬间就涨红了起来，一双清澈的眼睛隐隐有水光流转。

看着她气极又憋屈的模样，傅司铭一时间有些忍俊不禁，原来她不过是一只没有爪子的小猫而已。

"既然你不会教，那我就来教教你好了。"

他的鞋底很厚，根本就不怕地上的玻璃，不过他还是有意避开了一些明显的碎片，优雅地走到了纪依辰面前。

纪依辰睁大眼睛莫名其妙地看着他，还未等她开口，他已经倾下身子，一手搂住她纤细的腰，另一只手托起她细长的双腿，瞬间就将她打横抱了起来，一系列的动作自然又利索。

除了哥哥之外，这是第一次和男生发生近距离的身体接触！而且，还是只见过两面的男生！

纪依辰不由得羞红了脸庞，又急又气地大声尖叫："快放我下来！放我下来！"

可是傅司铭充耳不闻，抱着她就走。

纪依辰又气又急，抬手就往他脸上甩去。

傅司铭忽地顿住了步子，一丝冰冷的愤怒从眼中掠起，俊脸上透着一种淡漠的疏离感："你再无理取闹，信不信我把你直接扔到玻璃碎片上去？"

纪依辰顿时像只受了惊的兔子，瞪大一双无辜的眼睛看着他一动都不敢动，也突然才意识到他似乎并没有要占她便宜的意思，只是在帮她而已。

见她终于安静下来了，傅司铭这才抱着她继续往前走。

虽然不敢再出声吵闹，但纪依辰却忍不住抬起视线偷偷地打量着他。

即使以她这个从下往上看的角度，傅司铭的那张脸也挑不出一丝瑕疵来，光洁白皙的皮肤，棱角分明的五官仿佛是画出来的一般完美，长而微卷的睫毛下，一双如同大海般的眼睛宁静而深邃。

只是此刻微抿的嘴唇，可以看出他的情绪微有不悦。

她的脑海里没来由地想起媛媛上午说的一番话："你可知道傅司铭可以说是咱们学校的门面吗？你知道学校里的老师都以他为荣吗？人家每年都拿奖学金，可是直接保研的，本来国外好几所大学都看中了他，想挖他过去，咱们学校可是使出了浑身解数才把他留下来呢，IQ高人又帅，气质出众……"

"你知道咱们学校里百分之九十的女生都暗恋他吗？更可怕的是，在如此受欢迎的程度之下，他居然从来没有跟任何女生交往过，可见意志有多么坚定！"

媛媛口中那么优秀的那个人，此刻正抱着她呢……

心脏"怦怦怦"的跳个不停，脸颊也跟着滚烫了起来。

就在她走神的时候，傅司铭已经将她放了下来，似笑非笑地看着她，声音里听不出喜怒地说道："不知道我这'绅士'二字写得怎么样？"

纪依辰早没了先前的那份"嚣张"，她微微垂下视线，低声说："我们俩现在扯平了，钱包我会还给你的。"

傅司铭目光一亮："那你打算什么时候还给我？"

"钱包我今天没带在身上。"纪依辰想了想说，"明天吧，下午两点，学校后面的天美咖啡馆见。"

"好。"

傅司铭答应得倒也干脆，话音一落，他就转身朝外走去。

看着他远去的挺拔背影，纪依辰心里莫名地觉得有种失落，看样子，他还真是一句话都不肯跟她多说呢……

夜晚。

月光温柔如水，静静笼罩着纪家的别墅，别墅的二楼只有一间屋子里亮着灯，灯光从窗口泄出，在地面上映出一层淡淡的光影，窗口的中间摆放着一盆雏菊，嫩嫩的粉色鲜亮如新，形状像绒球一样可爱，给人一种暖融融的感觉。

透过窗口，一眼就可以看出这是一间公主房般的卧室，无论窗帘还是床

既然你不会教，那我就来教教你好了

或者是书桌，都是清一色的粉红色，就连设计都处处透着可爱的特色。

当然，这并不是纪依辰本来的喜好，她其实更中意那种小清新的风格，简单又不失少女心。但是，心里一直拥有一个公主梦的纪妈妈在这个问题上硬是跟她杠上了，丝毫不肯退让，为了家庭和睦，无奈之下，她只好遂了妈妈的心愿。

此刻，她躺在床上却翻来覆去怎么也睡不着，最后实在没办法，她重新爬起来打算找本书看看，但在床头的书柜上都翻了一遍也没有自己想看的书，直到她的目光无意间落在那个黑色的钱包上。

她犹豫了一下，探身过去拿起那个钱包，再次打开，里面的一百块钱以及所有的证件还放在原来的位置，她不敢乱动。大概是潜意识里觉得傅司铭是一个很有原则的人，如果他知道她动过他的钱包，心里一定会很不开心。

她的思绪不知不觉又回到白天的那一幕，被他抱住的感觉是那样的真切，仿佛现在都还能感受到他手臂的力量和温暖有力的心跳。

她甚至可以准确无误地描绘出他那一刻的模样以及神情。

她一直以为，那样的一幕，那样的感觉，只有在漫画里才会出现，可是现实中真实地发生了，让她到现在都有种梦幻般的感觉……

她突然被这些念头吓了一跳，她的脑海里怎么老是傅司铭的身影呢，她是中了他的毒吗！

纪依辰瞬间慌乱了起来，即使房间里只有她一个人，她也窘迫得坐立不安。

就在这时，房门突然被人敲响了。

她赶紧将傅司铭的钱包随手往枕头下一塞，再调整一下自己的情绪，最后才对房门微笑着说："进来。"

房门轻轻推开了，哥哥纪轩毅身着白色的休闲套装出现在门口，手里拿着一个黑色的袋子，脸上带着暖暖的笑容看着她说："我就猜你肯定还没睡。"

"哥哥果然是最了解我的人！"纪依辰笑眯眯地答道。

"可不是，就因为了解你，我才偷偷给你带了这个。"纪轩毅说着，将手中的黑袋子递给她。

纪依辰好奇地接过袋子，打开一看，一阵熟悉的香草蛋糕的香味扑面而来，她顿时开心得差点儿尖叫起来，但她遏制住了，如果被妈妈知道了，哥哥的心思可就白费了。

妈妈为了保持她的美好公主形象，晚上禁止她吃零食，尤其不准吃甜食，说这东西最容易发胖了！

这可真把纪依辰憋得不行，她可是无零食不欢，尤其是香草蛋糕，如果不让她吃，那简直就是硬生生剥夺了她人生的一大快乐！

不过，俗话说上帝给你关了一扇窗，就会为你打开另一扇门。这不，他们家有一位严格的妈妈，也还有一位把她当宝贝一样捧在手心里宠的哥哥呀！

今天也不是纪轩毅第一次偷偷给她送最爱的香草蛋糕了，但纪依辰的兴

奋度还是丝毫不减，她小心翼翼地将香草蛋糕从袋子里拿出来，像宝贝一样捧在手中用力地闻了一下，脸上的笑容像春天里绽放得最灿烂夺目的花。

"我最爱的香草蛋糕，看本小姐怎么一口一口把你吃掉！"

说着，她就拿着小勺一口一口迫不及待地吃起来，美滋滋地享受着白色的奶油在嘴里慢慢融化的幸福感，简直要一直甜到她心里去。

纪轩毅看着她的模样，有些忍俊不禁："真是只小馋猫。"

纪依辰用力吞掉一大口蛋糕，冲他俏皮地吐了吐舌头，然后接着继续吃。

纪轩毅愣了下，莫名地觉得心有些发慌，他下意识地说道："依辰，以后不要在别人面前随便吐舌头了。"

正在埋头吃着蛋糕的纪依辰抬起一双清澈的眼睛，不明所以地问："为什么？"

纪轩毅突然间有些尴尬起来，他自然不敢对她说实话，便找了个借口说道："因为你现在已经长大了，不是小朋友了。"

听他这样说，纪依辰感觉有点儿受伤，她皱着小脸委屈地说："哥，你是不是觉得我太幼稚了，不像个已经成年了的女孩？"

看着她这副可怜兮兮的模样，纪轩毅无奈地抬手揉了揉她散发着薄荷清香的头发，柔声说："我不是这个意思，我只是觉得你这么可爱的模样，留给哥哥一个人看好了，可不能让外人占了便宜。"

这话让纪依辰听起来十分受用，她原本没有信心的脸庞上瞬间绽出如夏日般娇艳灿烂的笑容，她又开始幸福满满地吃起蛋糕来，只是还是有些忍不住担忧地问："哥，我要是变得很胖很胖，是不是就没人喜欢我了？"

纪轩毅拿出一张纸巾帮她将不小心沾在嘴角的奶油轻轻擦掉，然后微笑着说："傻丫头，不管你胖还是瘦，你是纪依辰，你是我妹妹，我都会一直喜欢你疼着你的，况且，我觉得你现在就是有点儿太瘦了，应该吃得胖一点儿，就更加漂亮可爱了。"

"嗯！"听他这样一说，纪依辰瞬间就抛弃了所有的担忧，更加肆无忌惮地吃了起来。

纪轩毅微笑地凝视着她，如雪夜般的眼睛里尽是宠溺。

"对了，哥，我给你看个东西！"

蛋糕快吃完的时候，纪依辰突然间想起一件事情，她立刻打开自己的手机，然后进入了QQ空间，再将一个她自己制作的影集打开。

影集里的背景音乐是小时候兄妹俩都喜欢的一首歌，也是当年红遍大江南北的一首电视剧主题曲，听见这音乐，当时兄妹俩争着看那部电视剧的情景仿佛还历历在目，两人不禁相视而笑。

两人一边听着熟悉的曲调，一边看起了老照片。

影集里的这些照片是他们从小到大的合照，记录着他们幸福成长的点点滴滴，每看一张照片，几乎都能同时勾起他们曾经的快乐回忆。他们时不时笑逐颜开，甚至有时候笑得太厉害，纪依辰整个人几乎就直接倒在了纪轩毅的身上，她在那里笑得花枝乱颤，完全没发现纪轩毅全身都僵硬了起来，每

一寸肌肤都是滚烫的。

当所有的照片看完后，纪依辰感慨万分地说："哥，你从小到大都对我那么好，要是能一辈子都这样就好啦！"

一辈子都这样……

纪轩毅心里一动，又遏制不住有些伤感，他淡淡地说："那你以后都不找男朋友了？"

纪依辰立刻摇头，坚定地说："不找，我只要哥哥就行了！"

这一刻，在那个虚无缥缈的男朋友跟对她关心备至的哥哥之间，她毫不犹豫就选择了哥哥，可是很久以后回想起来她才发现，原来自己是那样的自私。

"我果然没白疼你。"纪轩毅看上去很高兴，嘴角的微笑温柔而迷人。

"那当然！哥哥对我的好，我一辈子都记着的！"纪依辰俏皮地眨了眨眼睛，脑袋一歪顺势就靠在哥哥的肩膀上。

纪轩毅愣了一下，这丫头还和小时候一样，完全不懂两个成年男女之间的接触是会带来火花的，况且，他和她本来就是没有血缘关系的兄妹。

他努力忽视着心里异样的情绪，抬手轻轻拥住她，俊脸上无声地浮起一抹腼腆的绯红色。

第二天上午。

天气晴朗，好像在预示着有美好的事情发生。

可是，此刻正一个人坐在教室里发呆的纪依辰心情却完全跟天气相反，确切地说，她今天的心情可谓是变幻莫测，一会儿高兴又期待，一会儿紧张又害怕。

当然，她的这些心情变化自然跟傅司铭脱不了干系。

只要一想到下午要跟他在咖啡馆见面，她的整个人就无法淡定下来。

这时，一个人影走到她的面前，毫不客气地坐了下来。

纪依辰微微吓了一跳，她回过神来抬起头看着坐在自己面前一脸愤怒的金媛媛时，立刻开始反思自己是不是做了什么对不起她的事情，为什么她要用这种好像能把她给吃了的眼神瞪着她呢？

当然，还未等她想出个所以然来，金媛媛已经劈头盖脸地质问道："纪依辰，你到底要忽视我的存在到什么时候？我已经在你面前来来回回走了三趟了，你能用你高贵的眼睛好好看看我吗？"

纪依辰虽然已经习惯了她向来夸张的言语，不过还是不禁有些委屈："金大小姐，我哪敢忽视你嘛！"

她只是想问题想得有点儿太出神了而已。

"还说没有忽视我，你看我的发型，我的衣服，我脸上还化了淡妆，可是这些你都没有发现！"金媛媛气呼呼地说，"最可恶的是，你压根就没跟我说一句话！"

听她这样一说，纪依辰这才细细将她打量了一番，还真发现她今天的形象跟以往确实有所不同，明显用心装扮了一番，脸蛋比平时更白了，白里

还透了点儿红，睫毛更黑更翘了，画了眼妆后的眼睛比起平时也更大更有神了……总之，她的全身上下都焕然一新，好像换了个人似的，确实美了许多。

纪依辰很是意外地问："金媛媛同学，今天太阳打西边出来了吗？八百年都懒得碰化妆品的你，怎么有兴趣想起化妆了？"

金媛媛没有回答她的问题，反倒伸出一根涂了指甲油的手指，在她光洁的额头上狠狠地点了一下，活像个年轻怨妇似的说："纪依辰，你个没良心的，你可算是想起关心我来了！"

纪依辰仰起无辜的小脸，眼睛眨巴眨巴地盯着金媛媛，诚心诚意地举手起誓："我一直都很关心你，亲爱的，你要相信我是最爱你的。"

金媛媛终于被她逗乐了，得意地说道："这誓用不着你发，我们家子泽发就够了。"

"你们家子泽？"纪依辰一下就抓住了她话里的重点，狐疑地问，"林子泽什么时候成你们家的了？金媛媛，你赶紧给我从实招来！"

金媛媛一脸陷入恋爱中的甜蜜表情，她也没有丝毫的扭捏，大大方方地承认道："就昨天傍晚的时候，他拦着我又跟我表白了，我答应了他，然后他就是我的啦！"

纪依辰听了直摇头："金媛媛你也太禁不住诱惑了！我以为他至少得要个把学期才能把你追到手呢，没想到你这么快就弃械投降，投入他的怀抱了。"

在纪依辰的印象中，林子泽一直不过是金媛媛未来男朋友备选名单中的一个，虽然纪依辰一直都知道林子泽在追金媛媛，但没想到进展这么快！

对于纪依辰的一番鄙夷，金媛媛当她纯属羡慕嫉妒恨，于是不以为然地说："那是你没看见我们家子泽的坚持与诚意，你知不知道他这是第三次向我表白了，而且一次比一次浪漫，我如果再不动心，那我的心肯定是铁做的啦！"

看金媛媛一脸幸福荡漾的模样，纪依辰的心情莫名地开始低落了起来："金媛媛，你这是光明正大地向我宣布你现在'移情别恋'了吗？"

"我也允许你这么做。"金媛媛笑嘻嘻地眨了眨眼睛。

"你这个见色忘友的家伙！哼！"纪依辰扭开脸去不理她。

金媛媛笑着挑衅道："纪依辰，你这是羡慕呢还是嫉妒呢还是恨呢？"

"我羡慕？我嫉妒？我恨？"纪依辰指着自己一脸不敢相信地反问，好像听见了全天下最好听的笑话，"我用得着吗？"

金媛媛越说越有劲："怎么用不着了？你看开学这么久，有哪个男生敢追你呀？纪大小姐？我看就你这大小姐脾气，是个男的看见你都要被你吓跑了！"

纪依辰觉得，如果她们学校要排个年度最佳损友，金媛媛肯定榜上有名！

不过金媛媛说话损归损，但她其实也是出自好意，想让纪依辰改改她的大小姐脾气，她这番话的确说到纪依辰的痛处上了，上大学这么久，还真没

有男生追过她呢！

被金媛媛奚落了一番的纪依辰十分郁闷，她硬着头皮站起身来，气呼呼地盯着金媛媛赌气说道："谁说的？那我的男朋友怎么没被我吓走？"

说这两句话的时候，纪依辰心虚不已，不善说谎的她生怕舌头打结。

金媛媛愣了一下。

但随即她似乎就看出了纪依辰的心思，于是笑道："纪依辰，你用不着跟我说谎，你的事情我还不清楚吗？"

"谁说我说谎了？我长得这么貌美，有男朋友不是正常的事情吗？"死要面子活受罪的纪依辰，决定把这个谎说到底了。

原本以为她只是开玩笑，但看她一脸较真的模样，金媛媛不禁有点儿半信半疑："你说真的？"

纪依辰下巴微仰，娇俏的小脸满是不容置疑的傲气："当然是真的！"

金媛媛疑惑的同时又有些生气："既然是真的，怎么以前都没听你说？敢情你都没把我当朋友啊？"

纪依辰心里顿时就慌了，她努力掩饰自己的心虚，随口扯了个谎道："谁说我没把你当朋友，我就是把你当朋友我才一直瞒着你，这不是怕你没交男朋友伤心嘛，现在你都交到男朋友了，我自然也可以向你坦白了。"

说完这番话，纪依辰紧张得心脏仿佛都要跳出来了，额头上溢出了一层薄汗。

"真的？"金媛媛秀美的脸庞上写满了怀疑。

"你还不相信我？"谎言快要圆不下去了，纪依辰都有些急了。

"我没那个意思！"

金媛媛只是觉得哪里有些不对劲，但想了想又想不出个所以然，不过她脑筋动得快，很快她就想出了个主意，于是颇为兴奋地建议："要不这样吧，今天晚上我跟男朋友一起去看电影，你们跟我们一起去吧？"

纪依辰整个人如同化石般一僵，以前她怎么没发现金媛媛这丫头这么执着？

就在她暗自懊恼怎么继续圆谎时，金媛媛却有些迫不及待地问："纪依辰，你怎么不说话了？难不成你刚刚是开玩笑的？"

"谁开玩笑了？我刚刚只不过在想我们家那位今天有没有时间而已，不就是看场电影吗，有什么大不了的，我跟我男朋友以前三天两头一起看，都看腻了。"

纪依辰深深地觉得，谎言说多了还真就顺口了，这让她心虚而又羞愧，所以这种习惯可真要不得，仅此一次绝对下不为例！

看她说得这么理直气壮，金媛媛不得不打消自己仍然想怀疑她的念头，转而一笑说道："那行，我们今晚万达电影院见，七点整，不见不散。"

"不见不散。"纪依辰硬邦邦地回答。

等金媛媛兴高采烈地跑出教室后，纪依辰小脸一垮，整个人都要泫然欲泣了。

上帝啊！如果给她一次机会重来，她再也不撒谎了！

　　她这会儿才深深地领悟到，原来撒一个谎，要用那么多的谎言来圆！

　　这个过程辛苦不说，羞愧感跟心虚感就够她煎熬的了，最要命的是，她上哪儿去找一个"男朋友"来瞒过对自己最熟悉的好友啊？

THE
LOVE
第三章
我会不顾一切地去爱，
哪怕与全世界为敌
C H A P T E R
03

下午，天美咖啡馆。

远远望去，咖啡馆的整个设计独特而别致，馆外四周有一条清澈的小溪，围绕着咖啡馆流动，发出的溪水声宛如最自然的音乐，让人听着心旷神怡，再烦躁的情绪仿佛也能宁静下来。

溪流的上方铺盖着一层透明的玻璃桥，每个进入咖啡馆的客人都会踩在玻璃桥上经过，看着脚下潺潺的溪水，相信每个人都会自然而然地扬起嘴角。

再加上咖啡馆四面全是由落地玻璃窗制作而成，敞开窗帘的时候，阳光洒满全身，仿佛置身于大自然中，拉上窗帘，又别有一番景象。

这么一个浪漫又雅致的地方，自然十分受年轻人的喜欢，而英启大学的学生则成了最主要的客源。

此时咖啡馆几乎坐满了客人，清新的花香似有若无地飘过鼻端，低沉优雅的大提琴声悠扬地划过耳际。

纪依辰心知这里生意好，于是早早就来到咖啡馆，占了一个位置绝佳的独立小包间，然后百无聊赖地趴在桌子上等着傅司铭的到来，闲来无事，脑海里又不禁想到了上午的那个难题。

只剩下半天不到的时间，除非天上掉下个男朋友给她，否则，她只有向媛媛坦白了！

那臭丫头到时候肯定会毫不留情地奚落她一番……

她不并想在媛媛的面前炫耀什么，但是她想在朋友面前维护自己的最后一丝自尊。

想到这里，纪依辰整个人情绪低落不已，她一脸愁绪地瞅着桌上摆放着的那盆蝴蝶兰，心里充满了不甘，却又无可奈何。

当傅司铭赶到的时候，纪依辰正目不转睛地盯着桌上的那盆蝴蝶兰，水灵灵的眼睛里眼神复杂又纠结，好像她看到的不是一盆简单的蝴蝶兰，而是满满的烦恼，她的情绪全写在脸上，透着股单纯无邪的可爱。

傅司铭站在敞开的包间门口并没有直接进去，而是礼貌性地敲了敲旁边的隔墙。

纪依辰听见声音，这才反应过来，她下意识地转过头去，当她的视线落到他的身上时，她不禁一愣，心跳仿佛漏了一拍。

身材颀长的傅司铭站在门口，白色的衬衫搭配浅色系休闲裤，再简单不过的装扮，可他的身上却好像无声地流溢着一层浅浅的光芒，让人们的视线不由自主往他身上凝聚。

虽然并不是第一次见识他这种魅力，但纪依辰此刻还是看得有些出神了，导致站在他面前没有得到她回应的傅司铭有些尴尬，但他却不露痕迹地

笑了笑："怎么,我身上有让你这么感兴趣的东西吗?"

纪依辰回过神来,知道他在揶揄自己,立即窘迫地站起身来,僵硬地冲他笑了笑说:"你来啦,快坐吧!"

傅司铭微微点头,然后迈步走进这间独立的小包间,在她对面优雅地坐下了。

纪依辰也跟着坐下,但是她还没有想好怎么跟他开口,就敏锐地发现,咖啡大厅里大部分女生的目光都偷偷往这边靠拢。

她知道她们自然不是在看她,能这么吸引女生目光的也只有她对面的这个男生了,于是,她若有所思地将傅司铭细细打量了一番,脑海里突然灵光一闪。

如果她的男朋友是他的话,媛媛那臭丫头岂不是只能羡慕她了?

想到这里,纪依辰的心情瞬间雀跃灿烂了起来。

正当她沉浸在美好的幻想中时,傅司铭已经开门见山地问道:"我的钱包呢?"

纪依辰闻声,脸上立刻绽开一抹如花般的笑容,一双眼睛如夜空中的星星闪闪发亮地盯着他,声音甜甜地说:"这事我们等会儿再说,你要不要先点杯咖啡?你想喝哪种味道的?"

傅司铭面无表情地说:"不用了,我等会儿还有事,你把钱包给我就是。"

纪依辰的脸上闪过一丝尴尬,她笑得有点儿心虚:"你的钱包我肯定会还给你的，你放一百个心，不过……"

虽然她的话还没说完，傅司铭却已经知道她不会这么简单将钱包还给自己，还有条件在等着他。

一丝不悦从他眼中一闪而过，声音却听不出喜怒："不过什么？"

纪依辰讨好地堆满甜甜的笑容："晚上你陪我看场电影吧！"

她的话倒是让傅司铭有些意外，他有点儿不可思议地看着她，下意识地问："为什么要我陪你看电影？"

"因为……因为……"纪依辰一时间心乱如麻，不知该如何跟他解释，头越垂越低，最后下巴都快磕到胸口上的时候，她才硬着头皮用堪比蚊子般的低音说，"我想让你当我的男朋友。"

傅司铭微微怔住了。

事实上，跟他表白的女生他以前遇见过不少，但这次无疑是令他感觉最可笑的，他盯着她冷冷地说："我并没有看出来你喜欢我。"

纪依辰愣了下，很快明白了他的意思，她羞红着一张脸，赶紧摇头解释道："不是这样的，我的意思是让你假扮我的男朋友，不是真的让你当我的男朋友。"

听完她的话，傅司铭脸色微沉，拒绝道："我没时间。"

看他回绝得这么干脆，纪依辰顿时慌了，她立刻从椅子上站起来，绕过中间的桌子来到他身边挨着他就坐了下去，殷切地说："你别急着拒绝我呀，你知不知道这件事情对我有多重要！说不定我还会失去我最好的朋友，

你就帮帮我嘛，大恩大德，我以后一定十倍奉还！"

"怎么还？以身相许？"傅司铭表情认真地看着她，没有一点儿开玩笑的样子。

纪依辰全身的血液瞬间往上涌，整张脸庞涨红得如同熟透了的苹果，她厚着脸皮勉强笑着说："我知道你肯定是在开玩笑的，不过你放心，只要你肯帮我这次，以后有什么事你尽管开口，我一定满足你！"

她一鼓作气地说完了之后，顿了几秒，接着又补充道："当然，'以身相许'除外。"

傅司铭似笑非笑地说："用不着'除外'，因为我本来就对这事不感兴趣。"说着，他又将话题转回到正题上，"我的钱包你到底还不还？"

见他没有一丝商量的余地，纪依辰只觉得这次真是面子里子都丢尽了，一时间心情糟糕到了极点，委屈和羞愤感像洪水般将她淹没，鼻子一酸，眼泪瞬间就染湿了眼眶，她哽咽着嗓子说："你这个人怎么这么冷血啊！"

她的反应让傅司铭有些措手不及，他愣愣地看着她，不由自主地开始反思，他做得不对吗？

可是她提的要求确实违反了他的原则，他非常不喜欢这种欺骗行为，更何况他还从来没做过别人的男朋友，要假扮也没经验。

纪依辰咬着唇从他身边站了起来，走到自己的位子上拿起背包，从里面掏出他的钱包，气呼呼地扔到他的身上："还给你！"

说完，她随手抹了一把眼泪，转身就朝外走去。

拿到自己的钱包，傅司铭却没有多看一眼，他的视线不由自主地追随着她的背影，看着她慢慢走远，纤瘦的肩膀还在一抖一抖的，让他莫名地觉得揪心。

他突然站起身来，就连钱包掉在了地上也没察觉，只是急忙追上去叫住了她："等等。"

纪依辰闻声驻足，然后转过身来，一双湿润得像浸在水里的宝石般的眼睛倔强地瞪着他，声音里明显带着怒气："还有何贵干？我们现在不是两清了吗？"

傅司铭目不转睛地看着她，向来冷静理智的心有种前所未有的慌乱。

他其实也不知道自己怎么就这么冲动地喊住了她，只是看着她那番委屈可怜的模样，他心里就有些不忍，明明以前无数向他告白失败的女生在他面前失声痛哭时，他都无动于衷的。

纪依辰见他沉默了半晌都不说话，以为他是想看自己的笑话，于是气愤地哼了一声："不说话我走了！"她说完转身就走。

"我答应你。"傅司铭情急之下脱口而出道。

话音落下的瞬间，他有点儿懵，自己怎么就答应了她这么无理的要求呢？

纪依辰刚刚迈开的步子再次顿住，她愣愣地转过身来，一张小脸上还挂满了泪痕，湿润的眼睛里充满了难以置信，她轻轻地眨眨眼睛，仿佛怕把这

个好消息给吓走似的，小心翼翼地问："你说真的？"

到了这个分上，再反悔也说不过去了，傅司铭只得点了点头。

"真的，你说真的！"纪依辰立即破涕为笑，整个人瞬间心花怒放，她飞奔到傅司铭的面前，激动地伸出双手勾住他的胳膊跳了起来，在他的耳边兴奋地大喊，"太好了，你真是天下最好的人了！"

此刻在她的心里，傅司铭好像是戴着光环从天而降的天使，美好得没有一丝瑕疵。

可是，她没有注意到她的这种举动在哥哥纪轩毅的面前再正常不过，然而对于傅司铭，她和他不过是才认识两天总共见面三次的普通校友，连朋友都称不上。

在她勾住他肩膀的刹那，傅司铭的身体顷刻间僵硬起来，就连平时最发达的大脑也有片刻的空白，他忘记了推开她，也忘记该做出最理智的反应。

他现在所有感观全都失控了，她的身体在与他相触的瞬间，碰撞出最灼热的温度，几乎让他的血液都燃烧了起来，她身上散发出的淡淡体香充盈着他的鼻端，迷乱了他的思绪，飞舞的发丝仿佛无形的藤蔓将他的心脏一圈圈缠绕起来，让他抑制不住地心跳加快……

傅司铭觉得，看来他是看错了她，她不是一只没爪的猫，而是一只没心没肺的小妖精。

纪依辰好半天才察觉到异样，她立即松开傅司铭，低着头向后退了好几步。

她平时跟哥哥纪轩毅经常这样亲密互动惯了，刚刚她太开心，下意识就做出这样的举动来，她真是……

纪依辰暗自懊恼不已，偷偷瞅了傅司铭一眼，见他理了理刚刚被她蹭乱了的衣裳，像什么事都没发生似的，不过随后她却细心地发现他的脸颊微微有些泛红。

她突然间有些想笑，原来他也不过是假装淡定而已。

她怎么越看他就越觉得可爱呢？

似乎察觉到她正盯着自己看，傅司铭下意识地看向她，两人的目光在空中交会在一起，彼此仿佛一眼就看到了对方的心里去了，有股非同寻常的气息在两人之间暗涌。

时间似乎静止了，世界好像只剩下他们俩的存在。

傅司铭率先反应过来，在一脸呆怔的纪依辰面前弯下身去将刚刚掉落在地上的钱包捡了起来，再直起身来时，俊容上已经看不到一丝不自然的表情。

"既然是晚上看电影，那下午应该没什么事吧，我就先走了。"傅司铭说着就打算离开。

纪依辰终于回过神来了，她赶紧拉住傅司铭的手，急忙说道："等等，下午还有事，有事的！"

傅司铭没有说话，只是将视线移到两人的手上，于是纪依辰也跟着他的

视线看去，她居然又跟他发生了身体接触！

"对不起对不起！"她赶紧收回自己的手藏到身后，这一刻，她恨不得狠狠抽自己一下！

纪依辰啊纪依辰！你怎么就那么不注意形象呢，这下子人家会以为你是一个多么随便的人！

傅司铭倒没在这事上多费口舌，只是微微拧眉："还有什么事？"

十几分钟后，本市最热闹繁华的商业街，也是女人们逛街的天堂。

傅司铭站在人行道上，看着来来往往提着大包小包的打扮时尚的女人，只觉得头隐隐作痛。

看来一个错误的决定会惹来的麻烦还真不是自己能想象的，下次在做出任何决定之前一定要冷静，尤其是跟纪依辰有关的！

纪依辰的心情则跟他完全相反，身为女生，看着大街上琳琅满目的商品，她的心情就说不出的欢喜和兴奋，她带着傅司铭兴致勃勃地向第一家服装专卖店奔去。

她一口气就选了四五条裙子，各种颜色各种风格都有，她全都让店员帮她拿进试衣间，然后一条条地试穿。

第一条是白色高腰经典公主裙，纪依辰穿着还蛮合身的，也挺符合她的气质，她穿着在傅司铭面前转了一圈，询问他的意见："这条裙子怎么样？"

傅司铭干脆地点头回答："可以。"

他的反应让纪依辰有点儿失望，然后她对着镜子左看右看，最终越看越不满意，于是就进去换第二条裙子。

但无论是第二条还是第三条或者第N条，傅司铭的反应都如出一辙，一个多余的字都没有。

纪依辰对他彻底不抱任何希望了，她随便选了条粉色的裙子换上就去买单了，但当她正准备付钱的时候，一条别致的项链出现在她的眼前。

拿着项链的傅司铭说："这些裙子你穿着都差不多，但如果戴上这条项链，应该会很好看。"

纪依辰目光一亮，脸上立刻绽开一个灿烂的笑容，她迫不及待地戴上他替自己选的这条项链，在镜子前转了一圈，整个人果然更加醒目靓丽了许多。

她忍不住由衷地夸赞他："你的眼光还真不错！"

傅司铭没有说话，俊脸上依然没什么表情变化。

可纪依辰的好心情已经复苏，她买完单后，准备开心地赶赴下一家男装店，她边走边兴致勃勃地介绍说："前面的那家男装店不错哦，我哥每次穿他们家的衣服都特别有气质，不过我哥本来也很帅啦！"

"男装？"傅司铭皱眉，"我也要买？"

"当然呀，做我的男朋友当然就要'全副武装'！不能让人看出破绽！"

"我这样能有什么破绽？"傅司铭脸上明显有些不悦起来。

"就是……你现在穿得有点儿……"纪依辰将他从上到下打量了一番，却不知道该怎么开口才好。

傅司铭俊脸微沉，声音冷冰冰的："其实你的意思是我穿得太过朴素，配不上你大小姐的身份是吧？"

纪依辰连忙否认："没有没有，我绝对不是这意思。"

傅司铭看着她反问道："不然你是什么意思？"

"我……"纪依辰一时间心乱如麻，在他的逼视下语无伦次起来，"我只是想，既然我们是男女朋友，我们就要穿得差不多的样子……不对不对，我的意思是，不能让你打扮得太随便……"

她越说越乱，越抹越黑，急得眼泪都快流出来了。

傅司铭一脸淡然地看着她，听到她再也讲不下去的时候，他似笑非笑地从她身边绕开就要离开。

纪依辰赶紧拽住他的胳膊，焦灼又委屈地说："你不要走，我错了，我不按照我的想法来了，你说怎么样就怎么样好不好？"

"对不起，纪大小姐，我没空陪你玩。"傅司铭的声音里没有一丝情绪。

"我没有让你陪我玩，我只是想让我帮帮我，你都答应了我的，你不可以反悔啊！"纪依辰紧紧抓住他的手臂，生怕他反悔。

"我为什么不可以反悔，难道我们签合同了吗？还是我签字画押了？"

“可是……可是口头承诺也是有效的呀！”

“哦？”傅司铭俊眉微挑，“有谁作证吗？”

纪依辰被他堵得一时间说不出一句话来，只有委屈地睁大眼睛，一副泫然欲泣的模样。

“放开。”傅司铭冷冷地看着她拽住他胳膊的手。

纪依辰固执地抓紧他的胳膊，咬着唇倔强地说：“我不放。”

“我有数种办法让你放开我，你确定要试吗？”他的声音里透出一种让人心生畏惧的压迫感。

纪依辰自然不愿意就这么放手，可是，她也不知道自己的手怎么了，明明想握紧他，可是最后却颤抖地松开了……

胳膊得到解脱之后，傅司铭收回视线，转身径直往前走，那颀长而决绝的背影很快就消失在熙熙攘攘的人群中。

纪依辰的心情瞬间落入了低谷中。

他明明就答应了她的，他怎么可以这样就走了呢？那还不如一开始就不要答应她，他难道不知道，给了希望后又生生掐灭的感觉真的是糟透了吗……

或许一开始她就错了，她不应该欺骗自己最好的朋友，也不应该要求别人按照自己的想法去做，别人也是有自主权的啊！所以这是她的报应对不对？

纪依辰一个人在大街上失魂落魄地走了很久，对满大街的商品没有了一

丝兴趣，她像个无家可归被人抛弃的孩子一般，迷茫地到处乱走。

漫无目的地走了很长一段时间，直到她走到了一条不知名的陌生街道上时，她赶紧掏出手机看了看时间，竟然快到跟媛媛约好看电影的时间了，她这才慌忙拦了一辆的士回到自己车子所在的停车场，然后驱车往电影院的方向赶去。

但到达电影院门口的时候，媛媛还未到，她就一个人站在大门口等着，这段时间，她在心里反复做好了向媛媛坦白时的草稿，也做好了被她奚落的准备。

最后，她深深地吸了口气，抬头望着天空露出一抹灿烂的笑容，自言自语地说："纪依辰，没有男生看上自己没什么大不了的，你还有哥哥疼你，没有男朋友更没什么大不了的，哥哥会一直陪着你的！你什么都不缺，没有男朋友一样可以活得很幸福！"

她这番话说得自信满满，正能量十足，可是，当金媛媛挽着一个阳光帅气的男孩子出现在她的面前时，她终于知道她不过是自欺欺人而已，事实上她还是打心底里羡慕媛媛！

媛媛身边永远不缺男生，可是她的身边除了哥哥，再也没有其他男生愿意接近她，她就那么不讨人喜欢吗？

金媛媛挽着男友林子泽的手臂，宛如小鸟依人般地靠在他的肩膀上，笑容甜如蜜糖，灿若春花，一脸幸福满满地瞅着纪依辰问："依辰，你这么早就到啦？让你久等啦，对啦，你的神秘男友呢？"

纪依辰勉强扯出一抹僵硬尴尬的笑容，她支支吾吾地开口说："我男朋友他……他，其实、其实……"

虽然她支吾了半天没说出个所以然来，但金媛媛似乎一眼就看出了她的心理，笑道："依辰，你今天上午果然在骗我呀，还死鸭子嘴硬！"

纪依辰暗暗地咬着唇，想要反驳却又无力开口。

金媛媛笑得一脸没心没肺地说："没有男朋友没关系啦，子泽的系里有几个非常优秀的男生，要不我让子泽给你介绍介绍，随便你挑，不过你可要改改你的大小姐脾气才是。"

纪依辰顿时脸红耳赤了起来，一股莫名的委屈涌了上来，她又羞又难过地低着头，小声说道："不、不用啦……"

似乎看出了她的尴尬，金媛媛立刻解释道："依辰，我们是好朋友，你用不着跟我客气的，而且我也是好心，你不要误解哦！"

"谢谢你的好心，不过不必了，我们家依辰她完全不需要你帮她介绍男朋友了。"

一个低沉好听如大提琴般的声音倏地响起，纪依辰怔怔地还未反应过来，就感觉到自己的身躯被搂入了一个坚挺温暖的怀抱中。

金媛媛难以置信地睁大眼睛，震惊得一时间失去了言语功能！

傅司铭却好像没有发现她的吃惊，精致英俊的脸庞上依然挂着温文尔雅的笑容，声音也从容不迫："你好，很高兴认识你，我是纪依辰的男朋友，傅司铭。"

听到"傅司铭"三个字，纪依辰终于如梦初醒，她不可思议地抬起头来看着身边的人，瞬间屏住了呼吸，心脏仿佛也停止了跳动。

他怎么会过来？

金媛媛目瞪口呆地看面前亲密的两人，愣了半晌才舌头打结地说："纪依辰，你的男朋友就……就是传说中的傅司铭？"

纪依辰一时半会儿也还处于震惊的状态中，完全没有注意到金媛媛的问题，倒是傅司铭露出一抹淡淡的微笑，回应道："正是。"

"可是，依辰你前两天不才说你刚跟他认识吗？这发展也太神速了吧？"金媛媛总觉得这事太出人意料了，她做着最后的挣扎对纪依辰提出心底的疑问。

不等反应慢半拍的纪依辰说话，傅司铭已经替她回答了："对，我们确实才刚认识不久，但不是有句话叫'一见钟情'吗，我们大概就属于这种情况。"

金媛媛的脸上瞬间写满了赤裸裸的羡慕，最后化成一抹祝福的微笑："依辰是个好女孩，你要好好珍惜她。"

"我知道。"傅司铭的笑容里依然不露一丝痕迹。

这时，一直窝在傅司铭怀里没吭声的纪依辰终于有点儿忍不住了，她轻轻咳了一声，努力让自己的声音听起来不至于发虚："那个，电影快开场了，我们先别说话了，快进去看电影吧。"

金媛媛赶紧点头道："就是，时间快到了，我们先进去再说。"

两对情侣先后进入场内，路上边走还边将两个男生互相介绍认识了下，直到电影开始前，几个人聊得还挺融洽，傅司铭跟纪依辰配合得十分默契，一丝破绽都没有露出来。

因为电影票不是一起买的，金媛媛与林子泽的座位在他们前一排靠左的两个位子，所以金媛媛很难再去注意他们这边的举动，于是，纪依辰跟傅司铭这才可以不用伪装了，但一时间纪依辰却依然免不了有些尴尬。

当电影开始上映，四下都安静下来的时候，她才慢慢松开捏紧的拳头，后知后觉地感觉到一颗狂跳的心仿佛快要从胸口跳出来似的。

倒是傅司铭笔直优雅地坐在座位上，目不转睛地看着电影，整个人自然得好像刚刚并没有演过一场戏，或者说，他完全没有理会她的存在。

明明刚刚那么亲密的两人，一下子疏离得像是两个陌生人，纪依辰心里有种说不出的别扭。

电影里播放的是一部老电影《乱世佳人》，纪依辰看过数遍，根本就没有兴趣，好不容易熬到电影放到四分之一的时候，坐立不安的纪依辰终于沉默不下去了，她抑制住内心的紧张，压低声音小心翼翼地开口："你不是说不陪我玩了吗，怎么……还是来了？"

傅司铭的视线没有从电影屏幕上移开，不动声色地回答："我说不陪你玩，但是我没说不陪你看电影。"

纪依辰愣住了，心情有点儿说不出的复杂。

她偷偷地转头瞅了傅司铭一眼，他的脸上没有过多的情绪变化。

这是一个让她完全猜不透的男人，可是，他的身上却有种让人着迷的魅力。

纪依辰暗暗地吸了一口气，暗压下内心的紧张，小声说："总之，还是谢谢你，以后我一定会报答你的！"

虽然猜不透他的想法，但她可以确定的是，这个男生的内心一定没有外表那样冷峻，想到这里，她不禁暗自微微一笑。

傅司铭随口回道："不用，我帮你并不是为了让你报答我的。"

纪依辰眨了眨眼睛，不解又好奇地问："那你帮我是为了什么？"

傅司铭又黑又卷的睫毛忽而一颤，内心平静的湖面好像突然间坠入了一颗石子，莫名地就有些乱了。

他顿了片刻后，淡漠地说："这是我的事情。"

纪依辰感觉自己刚刚靠近他一点儿，瞬间就被他推到了千里之外，她嘬了嘬嘴，心里有点儿闷闷的，讪讪地转过头去跟着大家一起看电影，努力让自己无视他的存在。

只是《乱世佳人》这部电影虽然经典而又感人，但她熟悉得几乎能将台词背下来，看起来实在有点儿太无聊了，结果坚持了不到半小时，她就睡着了。

纪依辰苏醒过来的时候，影院里已经安静了下来，电影早已结束，观众也离开得差不多了。

她揉了揉惺忪的睡眼，脑海里的思绪还有点儿混沌不清。

"醒了？"耳边传来一个淡淡却好听的声音。

这个声音也让她突然想起了睡醒前的一切，也让她察觉到她此刻正靠在他的肩膀上，她一个激灵，立刻离开他的肩膀坐直了身体。

看电影看到睡着了，还拿人家的肩膀当枕头，窘迫感与羞赧感顷刻间汇成一把火将她整个人燃烧了起来，她脸红耳热地从椅子上站起身，有些无措地看着傅司铭说："不好意思，我不知道怎么就睡着了！你怎么没有喊醒我？"

"你怎么就知道我没喊呢？"傅司铭微微挑眉看着她。

纪依辰的脸庞更加火辣辣的烫了起来，她这睡着了雷都打不醒的毛病可真要改改才行……

她的脸上立刻挤出一个心虚的笑容，并举起双手起誓："我发誓下次再也不这样了！"

傅司铭整理了下衣裳，然后从椅子上优雅地站起，在转身离开之前瞅了她一眼："怎么？还想有下一次？"

纪依辰脸上的笑容瞬间僵住了。

直到他走了好几米远，她才摸了摸自己的鼻子，小跑着跟了上去。

快要出影院的时候，纪依辰才想起一起来的媛媛不见了踪影，正想开口问傅司铭，口袋里的手机却震动了，是短信提示音。

她掏出手机来一看，原来是媛媛的短信：依辰，你这小妞原来深藏不露

啊，把全校女生心目中的男神占为己有了居然还这么低调！不过你眼光跟运气还真不赖，男神对你体贴得我都要羡慕嫉妒恨了，你睡着了都舍不得大声喊醒你，极品好男朋友啊，我预感他要把你宠得越发无法无天了！我回头也要好好调教下我们家子泽才行！算了，不跟你说了，我跟子泽逛夜市去了，明天见！

看完媛媛的短信，纪依辰心虚不已，她赶紧将短信删除，把手机塞回口袋里，然后跟在傅司铭的身后亦步亦趋地往前走着。

影院出口是一条长长的过道，正巧另一场儿童电影刚刚结束，许多小朋友蜂拥而出，挤满了整条通道，傅司铭与纪依辰干脆停了下来，等小朋友们先走。

纪依辰回想起刚刚媛媛的那条短信，目光不知不觉望向傅司铭的肩膀，想到自己居然靠在他的肩膀上睡得那么熟，而且他非但没有推开她，反而任由她一直睡到电影结束……她的脸颊再次灼热了起来，嘴角情不自禁地浮起一抹甜甜的笑。

傅司铭疑惑地睨着她："你在笑什么？"

"啊？没笑什么……只是觉得刚刚的电影挺好看的！"纪依辰赶紧收起自己的笑容，随便扯了个借口。

"刚刚你有看电影？"他可是见她一直在睡觉。

纪依辰窘迫得快哭了，她找的这是什么烂借口！她勉强挤出一丝笑容来："我也看了那么一点点啦……"

傅司铭瞅了她一眼，没有说话。

纪依辰接着解释道："其实我以前就看过这部电影，而且看过好多次了，情节都能背下来了，虽然我刚刚看得睡着了，但不可否认的是，那是一部非常经典又感人的电影。"

傅司铭沉吟了片刻后，突然微微侧过身来，认真地看着她开口问道："你觉得爱是什么？"

纪依辰怔了一下，对于他的这个问题，她自然感到有些意外，她认真想了想，然后若有所思地回答道："怎么说呢？我觉得爱是人的本性，就像郝思嘉，一旦爱了就会不顾一切地去爱，爱是不受任何拘束的。"

"不对。"傅司铭的表情十分严肃，就像平时跟教授研究课题一般，"爱是自己一个人内心的东西，它不该给人造成困扰，所以它应该是隐忍的。"

纪依辰皱了皱眉头，噘嘴摇了下头道："我才不要这样，多累呀，我要是喜欢一个人，我会不顾一切地去爱，哪怕与全世界为敌！"

傅司铭有些出神地凝视着她。

此刻的她，一双眼睛仿佛夜空的星星般干净又璀璨，又似是清晨的朝阳明媚，让人看着好像整个世界都充满了希望。

察觉到他正专注地盯着自己，纪依辰的脸颊突然有些烫烫的，但脸上笑容却不自禁地加深了。

但更让她意外又羞赧的是，原本只是盯着她的傅司铭突然慢慢向她倾下

身来，他的气息离她越来越近，眼看着他就要吻下来了……

她的心跳几乎漏了一拍，就那样僵僵地站在那里，睁大眼睛盯着他，屏住呼吸，就像所有即将被亲吻的初恋少女，不知该做出怎样的反应，内心集结了紧张害怕与羞赧种种复杂的情绪，更要命的是——

她似乎还有些期待！

想到这里，她更加紧张得不行，下意识地闭上眼睛，鼓起勇气等待接下来那激动人心的一刻！

他的唇长得那么好看，一定非常柔软非常温柔的吧……

原来即将被人亲吻的感觉是这样的，虽然紧张得要命，但又是这么令人期待……

纪依辰的脑海里幻想了无数个画面，但那个吻却迟迟没有落下来，她这才发现有那么一点儿不对劲。

她慢慢地睁开双眼。

原本站在她面前的傅司铭此刻正屈膝蹲着身子，帮一个胖头胖脑的小男孩利索地系着鞋带，而那胖头胖脑的男孩则仰着肥肥的小脸，一脸好奇地瞅着纪依辰。

她顿时恨不得找个地洞钻进去算了！

笨蛋纪依辰！你到底在想什么啊？丢脸死了！

她懊恼不已地拍着自己的额头，真想把自己狠狠拍醒，大白天的做什么梦啊！

这时，傅司铭已经帮小胖子系好了鞋带，小胖子道了声"谢谢"飞快地跑走了，傅司铭站起身来的时候，纪依辰还在拍自己的额头。

看她像是要把额头拍个洞出来才肯罢休的样子，傅司铭无奈地挑眉："你这是在做什么？"

纪依辰这才发现他已经站起来了，她吓了一跳，赶紧将手收起藏在自己的身后，然后勉强地挤出一丝笑容说："我在拍蚊子。"

饶是傅司铭修养再好，听到这样的答案，也忍不住抽了抽嘴角，他没有说话，只对她做了个"请随意"的手势之后，转身继续往前走。

纪依辰几乎有种咬掉自己舌头的冲动，她暗自懊恼了一阵，最后看他走远了，她才急忙跟了上去。

"你打算怎么回家？"纪依辰追上去之后，就迫不及待地问道。

"走回去。"

"那怎么行！"纪依辰热情地自告奋勇，"我送你，你等我，我去开车，马上来。"

傅司铭却有点儿不太领情，淡定地说："不需要，我自己可以回家。"

纪依辰以为他是怕麻烦，于是笑着说："你不要跟我客气啦，今天是我有事麻烦你，你帮了我，我自然也应该把你送回家！"

傅司铭微微拧眉，再次申明道："我说了，我不需要。"

纪依辰这才知道他并不是在跟自己开玩笑，明显是认真的，她突然有些失落，小声说道："我就这么让你讨厌吗？"

　　傅司铭看她一脸黯然的委屈模样，心里有些莫名的不忍，只得开口解释道："我不是这个意思……"

　　纪依辰的眼睛立即一亮："那你不讨厌我就让我送你回家吧！你等着，我马上去开车！"

　　傅司铭有点儿头疼地看着她，她还真是会顺着杆子往上爬啊。

　　纪依辰刚转身准备走，忽而又回过身来，走到傅司铭的面前将他从上看到下，看得傅司铭一脸疑惑的时候，她突然从他的口袋里迅速抽出他的手机，傅司铭微微一惊，下意识地问："你这是做什么？"

　　纪依辰拿着他的手机藏在自己的身后，笑得一脸狡黠："我去拿车的时候，你要是偷偷跑掉了怎么办？不过你手机在我手里就不一样啦！好了，我这就去了！"

　　看着她欢快地跑远的身影，傅司铭顿时有些啼笑皆非，这小丫头的脑子里到底一天都在想些什么呢？

THE
LOVE
第四章
从今以后你就是我的了，
我绝对不会放开你
C H A P T E R
04

炫目的跑车在夜晚的车流中以蜗牛般的速度慢慢行驶，后面一声声刺耳的喇叭声此起彼伏，焦躁地催促着。

车厢内。

傅司铭安静地坐在副驾驶座上，嘴唇微抿，目光专注地望着前方，如同画笔描绘出来的精致脸庞上看不出喜怒。

倒是驾驶座上的纪依辰反而有些开小差，目光时不时偷偷地瞅向一旁的傅司铭。

他棱角分明的侧脸看上去好像更加有韵味，她越看越着迷，心脏跳动的频率更加快了，视线在他的身上仿佛被粘住了一般。

就在她出神的瞬间，一旁的傅司铭脸色突然一变，提高声音喊道："小心，前面有车！"

纪依辰慌张地立即猛踩刹车，两人的身体重心狠狠往前一冲，最后又用力撞了回去。

定神之后，纪依辰才鼓起勇气看向前方的车辆，发现两辆车子并没有接触相撞，她这才松了口气。

但这会儿前方那辆准备转弯的小车也停了下来，司机是个脾气火爆的年轻人，降下车窗斥责道："开跑车就了不起啊！"

纪依辰心虚地做了个"对不起"的姿势，然后迅速发动车子逃离了。

经过刚刚的那起事件，傅司铭的脸色略沉："你若是不能认真专心地好好开车，就在前面停下来好了。"

"你放心你放心，我一定会好好开车的！"纪依辰赶紧向他保证，但又忍不住打量了他一眼，就这么一眨眼的工夫，待她再回过头去看向前方的时候，一辆从侧路上开过来的车子又近在眼前了，她迫不得已再次踩下了急刹车！

当傅司铭那张俊脸都快要黑下来的时候，她终于无可奈何地将车子开到路边找了个车位停下来。

两人先后从车上下来，走了不到几步就到了跨河天桥上，从这里可以将这座城市大半的夜景尽收眼底，五彩缤纷的灯光将这个夜晚衬得浪漫又迷醉。

纪依辰亦步亦趋地跟在傅司铭的身后，大有他上哪儿她就跟到哪儿的意思。

傅司铭干脆停下脚步，依靠着一旁的栏杆站着，然后打量着她说："我建议你下次还是不要再自己开车了，你这样早晚得出事。"

"你……这是在关心我吗？"纪依辰心中隐隐有些窃喜。

傅司铭对她的思维方式着实有些惊讶，俊容上的表情不禁严肃了几分：

"我是在担心又多了一个马路杀手。"

"反正不管怎么说，你都是有些担心我的对不对？"纪依辰脸上堆满了甜甜的笑容，眼睛一不眨地看着他，充满了期待。

原本一脸严肃的傅司铭实在拿她没办法，只得应承道："你要是这么想也行。"

"你担心我就是在乎我啊！"纪依辰娇俏的小脸上立刻绽出一抹灿烂明媚的笑容，眼睛里光芒比这个夜晚中的任何一盏灯还要耀眼。

"你到底想说明什么呢？"傅司铭目光探究地看着她。

天桥上的路灯斜斜地洒在纪依辰的身上，将她脸上悄然浮起的一抹羞红照得若隐若现，一阵舒适的夜风轻轻吹来，将她的发丝吹得轻舞飞扬。

纪依辰微微地垂着脸庞，蠕动着樱桃般红润的嘴唇，轻声说："我觉得……我好像喜欢上了一个人。"

傅司铭的身体在夜风中一僵，夜色下的他脸色复杂难辨，他下意识地别开头去，幽深的眼睛望向天桥下来往的车流，淡淡地说道："你喜欢上了一个人，关我什么事？"

纪依辰微微歪起头来，蹙着眉若有所思地打量着他，不可思议地说道："傅司铭，你可是学校里传说中IQ200的天才，我的意思这么明显你居然不懂？难道是我太笨，表达得还不够明白？"

"我为什么要懂？"傅司铭的声音里透着一股刻意的疏离。

"你当然要懂啊！"纪依辰立刻急了，心直口快地说道，"因为我喜欢的就是你啊！"

傅司铭隐忍了半天的情绪终于有点儿稳不住了，双手暗自攥紧面前的栏杆，努力想表现得平静淡定一些，结果那张俊脸还是透出一丝微微的红晕来。

在纪依辰满心的期待下，他僵硬地回了她一句："那也是你的事情。"

纪依辰被他呛到一时间说不出话来了，她咬紧嘴唇，委屈地瞪着傅司铭那张俊脸，恨不得在他脸上咬出一个印子来！

她怎么就喜欢上这个无趣的男生啊！

她深深地吸了一口气，暗自下定了决心——她就不相信他可以一直这么无动于衷。

趁傅司铭不注意的时候，她身手敏捷地爬过栏杆，站在栏杆外围的边缘上，一只手抓紧栏杆，一只手向外张开，夜风迎面吹来，她充满青春朝气的脸庞上绽开一抹得意的笑容，尽管她的身下是数米高的湍急河流。

傅司铭一直冷淡的俊脸上终于露出一丝着急的表情来，他像看怪物一样瞪着纪依辰，努力压制着自己即将爆发的情绪："纪依辰，你这是在干吗？你不要命了！"

纪依辰慢慢地转过身来，将另一只空余出来的手递到傅司铭的面前，表情十分认真地说道："如果你有一点点喜欢我，那你就拉住我的手，给我一次机会，反之如果你一点儿都不喜欢，讨厌我讨厌得不得了的话，那你就不要管我的死活了，现在马上就离开！"

　　傅司铭气极反笑地瞪着她："你在威胁我？不过你不觉得你这威胁的伎俩未免太幼稚了吗？不要闹了，赶紧给我过来！"

　　纪依辰顿时觉得有些委屈："我没有威胁你……"

　　"纪依辰，我跟你再说一遍，你马上过来！"

　　"既然你不喜欢我，你也可以完全不管我的。"纪依辰慢慢地收回自己伸出的手，委屈地咬着嘴唇说。

　　眼看四周越来越多的人往他们这边的方向看过来，傅司铭真是又气又急："纪依辰你脑子里装的到底是什么？你赶紧过来听到没有！"

　　看他完全不肯配合自己，只一味指责自己，纪依辰心里顿时无比沮丧。她有些心不在焉地应了一声，准备爬回去的时候，脚下突然一滑，身子即刻往下坠去，她不由得恐惧地大声尖叫起来："啊，救命！"

　　眼看她那只抓住栏杆的手抓不稳就要松开了，眼疾手快的傅司铭以迅雷不及掩耳之势抓住了她的那只手臂，用力将她往上拉："快，抓稳我的手！"

　　纪依辰吓得话都说不出来了，她颤颤地抓紧傅司铭的手臂，咬着唇借着他的力气慢慢往上爬。

　　所幸她的身材纤瘦轻盈，傅司铭一鼓作气就将她拉了上来，拉着她翻过栏杆爬了回去，在安全落地的瞬间，纪依辰双腿都软了，她跌坐在地上大口大口地喘着气，整张小脸都白了。

　　刚刚简直就像做了一场噩梦。

傅司铭很想斥责她以后还干不干这种傻事了，但看她吓得不轻的模样，心知她大概也得到了教训，便也不忍再开口责备。

　　他在她面前蹲下身子，看着她毫无血色的脸庞，他的心脏莫名地揪了下，情不自禁地放柔声音关心道："你还好吧？"

　　纪依辰慢慢地抬起脸，凝视着面前这张好看的脸庞，她的心底里瞬间涌出千万种复杂的情绪，最后，统统化成一股神奇的力量，促使着她不顾一切地伸出双手勾住他的脖子，然后毫不犹豫地吻住了他的唇。

　　傅司铭愕然地睁大眼睛，眼睛里写满了难以置信，他的理智瞬间消失得无影无踪，忘记了做出任何反应。

　　耳边的车鸣声风声所有一切声音仿佛都像按了静音键，让两人所有的感观都凝注在彼此的气息与强烈的触感上。

　　不知道过了多久。

　　傅司铭像定格成了标本般的眼睫毛忽而颤动了一下，接着微微垂下，巧妙地掩饰掉眼中那抹被触动而稍纵即逝的情绪。

　　直到纪依辰感觉快要窒息了，她才从他的唇上移开，但她并没有松开他，反而更加搂紧他的脖子，将脸埋在他的肩膀上，语气坚定地说："傅司铭你给我听着，从今以后你就是我的了，我绝对不会放开你！"

　　这个季节，学校里到处洋溢着生机勃勃的气息，树叶绿得发亮，花儿娇艳盛放，就连阳光似乎也格外热情，连日来都是阳光明媚，晴空万里。

纪依辰这些天来的心情也犹如这天气般灿烂，脸上的笑容像是浸在蜜里一般，甜得简直不像话。

心情好自然看什么都顺眼，所以不管金媛媛问她什么，能说的她基本全对金媛媛说了，尽量满足着金媛媛的好奇心，除了之前的那个小秘密。

"那天看完电影之后，你们又去干吗了？"

金媛媛一脸色眯眯地瞅着纪依辰，纪依辰知道这丫头心里准没想好事，她也就遂了金媛媛的意，从事实中取出一部分"重点"讲给金媛媛听："那天我们在天桥上亲吻了，我还向他宣布，以后他就是我的人了。"

金媛媛有些吃惊，但这确实像纪依辰的做事风格，所以她也不奇怪，于是接着好奇地问："那他是什么反应？"

纪依辰仔细回想了当时的那一幕，然后摇了摇头说："他没反应。"

金媛媛一脸不敢相信的样子："什么叫没反应？他是高兴还是被你吓到了？"

纪依辰摇了摇头，有点儿挫败地说："他当时就是什么都没说嘛，你也知道，他总是一副不冷不热的模样，我实在有点儿捉摸不透他当时的心情……"

金媛媛明显心有不甘："那最后呢，你们又干吗呢？"

"最后他就送我回家了啊……"

那天晚上从天桥下来后，除了她问一句他答一句之外，他就主动跟她说了一句话："今晚你不要开车了，我送你回家。"

"所以，这就是你们之间的初吻呀！"金媛媛的脸上略有些可惜的神色，"纪依辰，我算是看出来了，以后你只有被傅司铭吃定了的分，因为傅司铭那人IQ太高，什么事都喜欢藏在心里，你哪儿是他的对手嘛。"

纪依辰歪着头，无所谓地回应道："被他吃定了我也愿意。"

"你也就这点儿出息！"金媛媛恨铁不成钢地伸手点了下她的头。

纪依辰倒是不以为意，甚至还颇为得意地说："我这点儿出息怎么啦？别人想要还要不到呢？"

金媛媛被她噎得一时间无言以对。

她说的倒也没错，虽然傅司铭这人有点儿让人捉摸不透，但他可是全校女生心目中的偶像，别说是当他的女朋友，大部分女生连接近他的机会都没有。

更何况，就看电影那天傅司铭也表现得相当细心体贴了，当真是无可挑剔的完美男友！

说来，纪依辰倒也是幸运的啦！只是……

金媛媛突然哀叹了一声，在纪依辰旁边坐了下来，一脸的忧愁。

纪依辰有点儿莫名其妙："媛媛，你叹气做什么？你的好朋友谈恋爱了，你就这副表情吗？"

"依辰，我只是担心你。"

"担心我什么？"

金媛媛将身子坐直，一本正经地看着纪依辰问道："依辰，你有没有想

过，你跟傅司铭交往的事情，如果你哥还有你爸妈知道了该怎么办？"

纪依辰没有多想，随口回答："知道了就知道了呀，我现在已经是成年人了，我早晚都会跟人谈恋爱的，这个他们肯定都心里有数的！"

金媛媛皱了下眉头，耐心地向她解释并且提醒道："可是你有没有想过，虽然傅司铭各方面都很优秀，但你们的家庭背景实在差别太大了，你是纪氏集团的千金，而他只是普通的工薪家庭出身……"

纪依辰顿时皱紧了眉头，十分不悦地说道："金媛媛，你的思想观念什么时候也变得这么恶俗迂腐了？我并不认为我跟他有什么差距！"

所谓忠言逆耳，明知道纪依辰听着不开心，但金媛媛还是硬着头皮说了下去："你不认为又怎样？但事实是不能改变的，你确定你爸妈能接受他吗？你确定你自己也深思熟虑过，而不是被一时的激情冲昏了头？"

"爱情就是爱情，爱是世界上最单纯美好的东西，你的这些想法简直就是玷污了爱情！"纪依辰非但听不进去金媛媛的话，反而还很反感，并且她有一套自己的想法，于是理直气壮地说，"我要的爱情就是轰轰烈烈的，难道不可以吗？"

看着一头陷进爱情里的纪依辰，金媛媛无可奈何地摇了摇头，最后说了一句："好吧，即使你自己不在乎一切，那退一万步讲，傅司铭那样心高气傲的人，你确定他也不会在乎吗？"

纪依辰终于怔住了，但很快她的心情又开朗起来，她相信自己的爱一定可以战胜一切困难！

下午。

纪依辰只有一节课，课上完之后，她就径直往图书馆的方向走去，傅司铭的课余活动并不多，闲暇时间都爱在图书馆里坐一坐。

当她赶到图书馆的时候，很快就找到了傅司铭的身影，他静静地靠窗而坐，一边看资料一边拿笔做着笔记，神情极为专注，窗外的阳光无声地洒在他的身上，给他的身影镀上一层迷人的光泽。他那精致的眉宇、英挺的鼻梁、玫瑰花瓣般的薄唇，都完美得无可挑剔，散发出一种让人窒息的魔力。

就在纪依辰正准备朝他走过去的时候，猛然发现他身边坐着一位身材颇为性感的女生，女生穿着一条紧身连衣裙，将她的身材衬得前凸后翘，尤其V字领下的风光更是无限引人遐想。

那女生虽然表面上在看书，但她的眼神却时不时地偷偷瞄向旁边的傅司铭，跟他的距离也在悄然间越坐越近……

此刻，就像是自己心爱的宝贝被人觊觎，纪依辰心里很不悦，她加快了脚步，迅速向那边走了过去。

听到脚步声，傅司铭下意识地抬起头来看了她一眼，眼中闪过一丝异样的波动，很快又神态自若地垂下头去继续看资料。

他近乎淡漠的态度并没有让纪依辰望而却步，她反而习以为常般冲他粲然一笑，然后视线在他的身边一扫，最后定格在那个陌生女孩身上，接着她假装轻咳了一声，说道："这位同学，可不可以请你让开一下？"

那女孩闻声抬头，有点儿不确定地看着纪依辰："你是在跟我说话吗？"

"是啊。"纪依辰毫不犹豫地点头。

女孩显然不是吃素的，她冲纪依辰嘲弄般地笑了笑："我为什么要给你让座？这座位可是我先占的。"

"可是……"纪依辰秀眉微微一皱，显得十分为难地说，"你不觉得你坐在这里就像是一盏非常亮的电灯泡吗？"

"你说什么？"化着精致妆容的女孩瞬间被激怒了，如果不是碍着傅司铭在旁边，纪依辰想她大概就要拍桌而起了。

纪依辰倒也没有一丝畏惧，她伸出一根手指放到嘴前轻轻地"嘘"了一声，眨眨眼睛说道："小声点儿，没看到我们家司铭正在看资料专心学习吗，你打扰到他了！"

傅司铭握笔写字的手突然一僵，抿紧的嘴角微微动了动，几秒之后，他才重新进入学习状态。

女孩听完纪依辰的话，脸都要气绿了，她横眉怒目地瞪着纪依辰，咬牙切齿地说道："你们家？傅司铭他什么时候成你们家的了？你跟他有什么关系？"

纪依辰绕过面前的桌子走到傅司铭与女孩的身后，然后毫不客气地挤进了两人中间，自然而然地挽住傅司铭的胳膊，枕在他的肩膀上，歪着头瞅着女孩宣告似的道："你觉得我们是什么关系呢？"

"傅司铭，你什么时候有女朋友的？"女孩猛地站了起来，一脸难以置信地看着他们，"大家不都说，你一直没有女朋友的吗？"

被迫卷进纠纷中的傅司铭面无表情地抬起头来，在他准备说话之前，纪依辰立刻凑到他的耳边，小声地说道："你要是不承认我们之间的关系，我就当众吻你哦！"

傅司铭啼笑皆非地瞪了一眼一脸狡黠的纪依辰，然后抬头望向那个激动的女孩，淡然说道："这是我的个人隐私，很抱歉我不喜欢向外人透露。"

两句简单的话轻轻松松将女孩推向千里之外，女孩顿觉羞愤窘迫至极，她狠狠地瞪着得意的纪依辰，跺了跺脚转身气呼呼地跑走了。

纪依辰瞅着女孩的背影，心情真是好极了，脸上几乎笑开了花。

傅司铭板起一张俊脸盯着她，拧着眉头说："纪依辰，你到底知不知道矜持两个字怎么写？"

纪依辰笑容不减，挽着傅司铭的胳膊一摇一晃地说："要不，你教我呀！"

傅司铭一时间啼笑皆非："真想拿把尺子量量你的脸皮有多厚！"

"不用量，你捏捏就知道了。"纪依辰微微歪着头，抬手捏了捏自己的脸颊，亮晶晶的双眼一眨一眨，整个人说不出的俏皮可爱。

傅司铭到底没忍住，掀起嘴角微微一笑。

纪依辰着迷地盯着他，感慨地说道："我们家司铭笑起来可真好看！"

傅司铭对于她的用词很是受不了，却又百般无奈，他抽出那只被她紧紧

挽住的胳膊，重新握起笔说："我要看资料了，你不要吵我，不然我就去一个让你找不到的地方。"

虽然还想跟他说话，但毕竟正事要紧，况且他的态度并不像在开玩笑，所以她只好不甘地吐了吐舌头，没有再说话。

她无聊地趴在桌子上，瞅着正在学习的傅司铭，只觉得他认真的模样真是太迷人了，让她怎么看都看不够，真恨不得可以这样看一辈子……

一辈子。

好漫长又好浪漫的几个字。

傅司铭是第一个让她产生出这个念头的男生，如果他也有这种想法就好了！

可是，他是怎么想的呢？

她盯着傅司铭的侧脸有些出神，对于他的想法，她不想去猜测，或者说是不敢去猜测。

心突然间有些乱了。

就在纪依辰恍惚之际，一位个子娇小的女生悄然走过来，她的一双眼睛紧紧地盯着傅司铭，还未说话脸就红成了一个苹果似的，她将手中的书本慢慢伸到傅司铭的面前，声音温柔至极："对不起打扰一下，傅司铭同学，我可不可以请教你一个问题？"

傅司铭头都未抬一下，便回答道："对不起，我现在没时间。"

被当即拒绝的小女生顿时表情一僵，她难以置信地盯着傅司铭，眼圈瞬间就红了。

纪依辰在心里头一边感叹她家傅司铭这样的不留情面，一边又暗自窃喜，对傅司铭的好感瞬间又加深了几倍。

而小女生大概没有料到傅司铭会拒绝得这么干脆，忘记了如何反应，就那样呆呆地站在那里。

傅司铭依旧看着自己的资料，完全忘记了女生的存在，纪依辰觉得再这样下去场面有点儿难堪，所以冲她笑了笑说道："你不懂的可以去问教授，相信教授一定会欣然替你解答的。"

纪依辰的声音让女生回过神来，她咬紧嘴唇，依依不舍地看了傅司铭一眼，然后黯然神伤地转身离开了。

接下来，这种类似找各种机会接近傅司铭的女生络绎不绝，有的女生被拒绝后不甘，依然想尽办法缠着傅司铭不肯离开，傅司铭疲于应付，而纪依辰也使尽了各种手段，最后虽然成功赶走了一个又一个前赴后继的女生，但她觉得这样下去未免太累了。

她得想想办法才行。

傅司铭揉了揉额头，心里甚为无奈，想好好看会儿资料好像都不行，除了一个又一个女生的出现对他造成"骚扰"之外，还有一个更让他头疼的纪依辰，她虽然坐在身边没出声，可是对他的影响却远远超过了那些找各种借口接近他的女生。

只要一静下来，她的呼吸、体香等种种她的一切就盈满了他的感观，一不小心就扰乱了他的思维。

纪依辰以为他被那些女孩缠得头疼了，所以她站起身拍拍傅司铭的肩膀说道："你在这里等我不要走开，我去去就来！"说完，她飞快地跑开了。

看着她欢快的背影，傅司铭的嘴角不由浮起一抹好看的笑，他笑着摇摇头，然后深吸了一口气。

总算可以静下心看会儿资料了。

只是，他完全没想到纪依辰几分钟后又会出现在他的面前，她笑得一脸灿烂，不由分说地拉住他的手臂，迫不及待将他拉起来说道："跟我去个地方。"

"去哪里？"傅司铭疑惑地皱眉问道。

"去了就知道啦！"

虽然极不乐意，但傅司铭还是随手收拾好了桌上的书本，不顾周围那些异样的目光，任由她拉着自己往前走。

纪依辰带着傅司铭走过一排排书架，直到走到最后一排的书架后面才停下脚步。

这里有块小空地，位置非常隐秘，所以所有人甚至是摄像头都看不到这里，除了光线有些暗之外，这里倒是一个非常安静又惬意的地方。

纪依辰在地上铺了几张报纸，然后拉着傅司铭一起坐了下来，小小的空间，两人面对面而坐。

纪依辰的脸上满是兴奋跟期待："以后，这就是我们两个的秘密基地了！你再也不用担心有人来打扰你了！"

傅司铭在四周扫了一眼，眼底浮出一抹无奈。

在这样一个僻静的位置，虽然不会有人来打扰，但是，他也不可能好好地看书——她不知道她才是最让他头疼的那个。

纪依辰从口袋里拿出一张便利贴纸，然后从傅司铭手里拿过笔来在纸上写下"纪依辰专属"几个字，也不等傅司铭有所反应，她就伸长了手往傅司铭背后一贴，笑逐颜开地说："以后，你就是我的了！"

"别闹。"

傅司铭反过手去就要将便利贴撕下来，纪依辰立刻就急了，她赶紧拉住他的手，一脸可怜兮兮地撒娇求饶："就贴一会儿好不好！等下出去我就给你撕了，求求你啦！"

傅司铭再次对她心软加无奈，于是任由她胡闹了一把。

眼看他默许了自己小小的任性，纪依辰心里溢满了开心与幸福，嘴角的笑容也像是沾了蜜似的，她凝视着傅司铭，声音变得格外的温柔甜美："世界，好像只剩下我和你了呢。"

傅司铭微微笑了笑，没有发表自己的意见，低下头去整理资料准备继续做完手里的活。

可是纪依辰却情不自禁地伸出手臂，环住了他的脖子，在他身体一僵的瞬间，她迅速在他的脸颊上轻轻烙下一个吻。

THE LOVE

最爱

　　傅司铭全身的血液失控般地疯狂涌向脸颊，在电光石火间思绪一片混乱，理智像是跟他捉迷藏似的躲了起来。

　　他知道，面对这个女孩，他真是失控了一次又一次，对于她的行为，他也是纵容了一次又一次……

　　真是不可再忍！

　　就在纪依辰决定结束这个吻松开他的时候，傅司铭突然抬手扣住她的后脑勺，让她动弹不得。

　　他霸道而强势的气息让纪依辰懵住了。

　　她还未回过神来，傅司铭的唇已经落在了她的唇瓣上，当然，与其说他在吻他，更确切地说他是在咬。

　　傅司铭略带惩罚性地咬住她的唇，痛得她几乎快要掉泪了，她想避开他的撕咬，可是他扣在她脑后的手却根本让她无法动弹，她用环住他脖子的手对他又推又打，但轻而易举就被他钳制住了。

　　直到一股淡淡的腥甜味在两人的口腔慢慢漫延开来，纪依辰的睫毛无意识地颤动着，而傅司铭也在不知不觉间，变得温柔了起来。

　　他轻轻地吻着她唇上的伤口，动作前所未有地细腻而美好。

　　纪依辰情不自禁地闭上眼睛，神智开始飘忽起来，他却突然结束了这个吻，然后松开了她。

　　她慢慢睁开眼睛，却发现他的脸依然近在咫尺，听到他用低沉而略带性感的声音说："以后，不许调皮了。"

而她除了乖乖点头之外，再也无法做出其他动作……

夜晚。

在缠着傅司铭陪自己看完一场电影后，纪依辰才恋恋不舍地与他分开，回到家的时候，家里的灯已经全熄了。

她轻轻地打开客厅的大门，因为屋里太黑，她又不敢开灯惊动家人，只好拿出手机来照明，结果打开手机她才看到居然有二十多个未接电话。

全是哥哥打来的。

她心里"咯噔"一下，有些心虚和愧疚，自己不该将手机调静音的，可是跟傅司铭看电影的时候，她真的不想被任何人任何事打扰。

明天早上再跟哥哥道歉吧！

打定主意后，她蹑手蹑脚地走进屋里，正准备往楼上走的时候，客厅的灯突然间亮了，眼睛受到刺激，她立刻条件反射性地闭上了眼。

同时，一种不好的预感从心里涌了上来。

过了好一会儿，她才慢慢睁开眼睛，而纪轩毅的身影也随之进入了她的视野，他脸上的表情表明他此时心情很不佳。

纪依辰看着哥哥，有些牵强地扯出一个笑容来，说话也极为不自然："哥，你怎么还没睡呀……"

"你去哪儿了？"纪轩毅板着脸严肃地问。

"呃……"纪依辰犹豫了一下，几乎不由自主就编了个理由，"我去嫒

媛家玩了。"

　　她一时间不知道该怎么跟哥哥说她和傅司铭之间的事情，但她知道这会儿向哥哥说明这件事情，绝对不是好时机，以后有机会，再正式给哥哥还有爸妈介绍傅司铭吧。

　　纪轩毅半信半疑地看着她："那你为什么不打个电话回来？不知道我们会很担心吗？要不是我替你说了几句话，爸妈指不定就以为你出什么事了。"

　　纪依辰心中更加愧疚了，她小声地说："对不起，我忘了……"

　　眼看纪轩毅的表情还是很凝重，她立刻信誓旦旦地补充道："下次我绝对不会这样了！我下次有事一定会给你们打电话跟你们说一声，绝对不会再让你们为我操心了！这次真的对不起……"

　　看她一脸悔悟的模样，纪轩毅即使心中再气也不忍继续责备她了，只是看着她叹了口气："下次记得就好。"

　　见他的语气轻柔下来了，纪依辰这才松了口气，她走到纪轩毅的旁边，拉着他的手撒娇似的轻轻摇晃，然后甜甜地笑着说："哥，你不生我的气了哦？"

　　"我什么时候生过你的气？"纪轩毅宠溺而又无奈地看着她。

　　"哥哥对我真好！"纪依辰笑逐颜开，"改天我给你做顿好吃的！"

　　"你确定不是请我吃烧烤？"纪轩毅一脸质疑地看着她。

　　纪依辰立刻听懂了他话里的意思，她有些哭笑不得："哥，我不可能每次都把饭菜烧焦的啦！你要相信我！"

纪轩毅无可奈何地点头："好，我相信你。"

纪依辰脸上终于露出了灿烂的笑容："那时间也不早了，我先上楼去休息了，哥你也早点儿睡去嘛！"

"好，你先上去吧，我一会儿也去睡了。"

"嗯，哥哥晚安！"

纪依辰松开纪轩毅的手，做了个晚安的手势，然后心情愉悦地迈着欢快的步伐小跑上楼。

但是，她才跑到楼梯的中间位置时，心里一肚子疑惑的纪轩毅终于还是忍不住喊住了她："依辰。"

纪依辰闻声顿住脚步，转过头来看着纪轩毅："嗯？哥，还有什么事吗？"

纪轩毅目光复杂地望着楼梯上的那个身影，突然觉得最近他和妹妹的关系就像此时他俩站的位置一样，离得那样远。

从小到大，跟纪依辰最熟的就是他了，她的一举一动、情绪好坏他都看在眼里，她只要皱皱眉头，他都知道她在想什么，可是，最近不一样了，他明显察觉到妹妹很开心，但这种开心跟他无关，她的状态跟很多陷入初恋的少女一模一样，这是以前从来没有过的……

纪轩毅没有直接问那个敏感的话题："依辰，你最近是不是很开心？"

纪依辰愣了一下，然后笑着若无其事般地说："我一直都很开心呀。"

见她没有跟自己说真心话，纪轩毅心里有点儿说不出的难过，他原本不想说穿，可到底没控制住自己，心里纠结了几番，最终还是脱口而出问道："你是不是谈恋爱了？"

纪依辰整个人突然就怔住了。

她有些佩服哥哥，简直有双神眼似的，一眼就将她的心事看穿了！

可这时她如果承认，那哥哥肯定一下就能猜出她刚刚在说谎，她有点儿窘迫，她在哥哥面前从来不撒谎，今天却要连着撒两次慌，心里真是说不出的愧疚。

她努力挤出一抹微笑，装作无辜又疑惑的样子问："没有呀，你怎么突然问这个？"

纪轩毅认真地看了她一眼，眼中流转着一抹复杂的感情，沉吟了片刻后，他摇了摇头，嘴角含着一抹如往常般淡淡的微笑："没有什么，我就随口问问，你快去睡吧。"

星期五的下午，因为临近周末，纪依辰全身的每个细胞都兴奋起来，因为这是她跟傅司铭"交往"以来的第一个周末，她自然要跟他好好地来场约会，将这个周末过得甜蜜又完美，最好是今生难忘。

愿望很美好，但要策划跟实践起来，可就没那么简单了。

此刻，纪依辰与金媛媛两人躺在茵绿柔软的草地上，阳光温柔地洒在她们身上，可她们却完全没有享受的心思，两人纷纷绞尽脑汁地苦思冥想。

金媛媛提议道："要不白天去逛街，晚上去看电影？看完电影再去吃个夜宵？"

纪依辰立即否决了："太无趣了！男生不是那么喜欢逛街的啦！"

金媛媛撇了撇嘴："不喜欢陪女生逛街，那只能说明这个男生不够喜欢这个女生！"

纪依辰转头恨恨地瞪了她一眼，眼神里充满了不甘："明明不喜欢逛街，却为了女生喜欢而假装乐意，那叫表里不一、阳奉阴违！我才不要我们家傅司铭这样对我！"

金媛媛被她噎得一时间无言以对，只得举手做投降状："那行，你倒说说周末去做些什么，你们家傅司铭才不会觉得不无聊又新鲜浪漫？你说说看，也算是给我个建议，下次我也好跟我们家子泽一起去浪漫浪漫？"

脑海里一片空白的纪依辰有些下不来台，从来没有过约会经验的她在心里纠结了好一番，才小心翼翼地开口道："要不……去游乐园？可以玩各种刺激的项目，尖叫的时候可以紧紧握住他的手，这样就可以忘记害怕……"她一边说一边幻想，耳边无声吹过的微风，好像是傅司铭温暖的手，让她心动不已。

金媛媛却冷不丁地泼了她一盆冷水："去游乐园玩？纪依辰同学，亏你想得出来，你以为你是几岁的小朋友？对着那一堆人造机器，哪里有什么浪漫可言？"

纪依辰小脸一垮，从草地上坐了起来，长长地叹了口气："那到底去哪

里才好嘛？"

金媛媛也跟着坐了起来，她转了转眼珠子，忽而露齿一笑道："我有主意了！"

纪依辰转过头去，略带狐疑地望着她："什么主意？"

"周末可以去海边呀！虽然有点儿远，但自己开车的话大概两三个小时就到了，一天来回可能有点儿赶，但也正好可以趁此机会在海边扎个帐篷露营，傍晚的时候看日落，早上的时候看日出，然后晚上一起躺在沙滩上看星星，还有比这更浪漫的事情吗？"

听完金媛媛的一番话，纪依辰的眼睛越来越亮，仿佛有无数的星光落入她的眼中，她的一颗心瞬间如烟花般绽放开来，欣喜若狂的她当即伸出双手用力地抱住金媛媛，万分激动地说道："媛媛，这个主意真棒！我太爱你了！你真是太聪明了！"

金媛媛被她夸得脸庞发红，忍不住颇为得意地笑道："那是，你今天才发现你有个这么聪明的好朋友吗？"

"金媛媛同学，谢谢你今天给我个这么大的惊喜。"说着，纪依辰又用力地抱了下金媛媛，然后迫不及待地站起身来，一边拍身上的草屑一边说，"我现在就去找傅司铭，把这个好消息告诉他！"

说完，不等金媛媛回话，她就转身飞快地跑开了，欢快的背影在阳光下就像一个自由快乐的精灵。

— THE —
LOVE
第五章
我并不认为一个让你撒谎的人，
能给你幸福
C H A P T E R
05

　　然而，纪依辰连着跑了两个傅司铭常去的地方，他都不在，本来想给他一个惊喜的想法就此泡汤，她只好拿起手机来给他打电话，可出乎她意料的是，他的手机竟然关机了！

　　到底是怎么回事？

　　无奈之下，纪依辰硬着头皮跑到了男生宿舍去找人，结果还是没见着傅司铭，但她却从他的舍友那里得知，傅司铭一般这个时候会去天美咖啡馆兼职。

　　纪依辰这才知晓，原来傅司铭每个星期都会去做兼职，看他平时各方面勤俭的习惯，她突然间有些心疼，从小在富裕家庭里长大的她从来没有为钱而担忧操心过，甚至因为是女孩子，妈妈对她的宠爱更甚于哥哥，十八岁生日那天就送了她一辆车，这是哥哥都没有过的待遇。

　　可是，傅司铭却还要抽出课余的时间去赚钱，用来贴补平时的生活费。

　　纪依辰深深地吸了口气，暗暗地下定决心，以后她一定要更加好好地对待这个优秀又努力的男生。

　　她以最快的速度赶到天美咖啡馆，这家咖啡馆也就是他们上次见面的地方。此时咖啡馆内的客人特别多，几乎每个好一点儿的位置上都坐满了客人，好几个穿着工作服的服务员正穿梭在各个过道里为客人服务。

纪依辰一眼就从人群中认出了个子高挑且气质出众的傅司铭，此刻他手上端着盘子，优雅地走在过道里，远远看去，他的身影就像画中一道最惹人注目的风景。

她心里隐隐有些得意，果然无论在什么地方，他都是最惹眼的！

不过很快她就觉得有些别扭起来。

她发现咖啡馆里百分之九十的客人都是女生，当然这不是问题的重点，重点是这些女生的目光都在往傅司铭身上聚集，那一双双垂涎不已的眼睛，仿佛黏在了他的身上再也不能移开似的。

傅司铭只是不经意地看她们一眼，她们立刻就心花怒放起来，兴奋得忍不住连连尖叫。

此时此刻，纪依辰恨不得大声警告她们——不要打她男朋友的主意！

正当她恨恨地看着这群女生时，傅司铭已经走到一位女客人的旁边，微微弯身将咖啡放到桌子上，然后准备离开，女客人却急忙喊住了他："等一下。"

傅司铭疑惑地看着她："还有什么需要吗？"

"可不可以把你的电话写给我？我想跟你做个朋友！"女客人微微红着脸，将一张纸和一支笔主动递到傅司铭的面前。

这样的事情傅司铭似乎见惯不怪，他客气而疏离地说："不好意思，这

是我的个人隐私，我不便透露。"

被拒绝的女客人顿时一脸窘迫，但很快她的脸上又重新绽开了笑容，她急忙在纸上写下自己的手机号码，然后将纸递给傅司铭，见他依然没有要接的意思，她干脆将纸硬塞到他的手里，妩媚地眨眨眼睛说："记得给我打电话哦，我等你。"

看着这一幕，纪依辰整张脸都垮了！

这个女人居然当着她的面就勾搭她的男朋友，是可忍孰不可忍！

她迈开步子，径直向那边怒气冲冲地走了过去，但走到半路，却被迎面走来的傅司铭拦住了，纪依辰一路挣扎着大喊："傅司铭，你干吗拉我？你放开我！"

傅司铭面无表情地拉着她来到一个偏僻的角落里，待所有人都看不到他们时，他才将她放开，俊脸上的神色不喜也不怒。

纪依辰一肚子气没有撒出来，不明所以地看着傅司铭："你把我拉这来干吗？"

"这里是咖啡馆，你不要闹。"傅司铭语气略沉地警告。

纪依辰一脸心虚，嘴硬道："我哪里要闹了？你怎么就知道我要闹了？"

傅司铭有些无奈地看着她："你脸上的表情这么明显，如果我还看不出来，那我不是近视眼就是失明了。"

纪依辰心里不甘，仰着下巴理直气壮地说道："我闹又怎么了？人家都那么光明正大勾搭我的男朋友，我不给她点儿颜色看看，她当我是空气呢？"

傅司铭一脸淡然地说："无论是刚刚那个女生还是别的其他女生，她们这样做并没有什么错，每个人都有追求自己喜欢的东西的权利，不是吗？"

纪依辰的心情突然有些复杂不安了起来，她咬了咬嘴唇，认真地注视着傅司铭，小心翼翼地问："那么，在你的眼里，我是不是也跟她们一样？"

傅司铭黑沉的眼底闪过一丝异样的光泽，声音不知不觉轻柔了几分："我没有给过任何女生电话，除了你。"

纪依辰的眼中瞬间绽放出明亮的光彩，她欣喜若狂地拉住了他的手，笑容甜美地说："司铭，你真好！"

傅司铭深深地凝视她一眼，笑了笑说："好了，你先走吧，我要去工作了。"说着，他就想抽出自己的手来。

"等等！"纪依辰急忙抓紧他准备抽出的手，一双水汪汪的大眼睛直直地盯着他，语气里有种前所未有的小心翼翼，"司铭，你不要在这里工作了好不好？我帮你另外找份工作怎么样？"

"我为什么要重新找工作？"听了这话，傅司铭脸色略变。

"这里的大部分女生根本不是来喝咖啡的，她们都是冲着你来的。"一想到这个，纪依辰心里就有些说不出的别扭。

傅司铭微微不悦："那又怎样？她们来是她们的自由，我无权干涉。"

见他一脸理所当然的模样，纪依辰心里纠结不已，她有些着急地说：

THE
LOVE
最爱

"可是我会很不开心。"

"让你不开心的事情就要改变？"傅司铭似乎觉得有些难以理解。

"我不是这个意思，我只是……"她顿了半天也不知道该如何解释，因为事实上确实是因为她不开心她吃醋了，他是她的，她不想那些女生打他的主意，这难道……有错吗？

傅司铭不等她再解释下去，语气透着几分坚持："不管你是什么意思，总之，我不会换工作的，工作是我个人的事情，不必你来操心。"

说完，他就转身离开继续去工作了。

纪依辰愣愣地站在原地看着他的背影，眼眶不知不觉就湿润了，第一次感觉到前所未有的茫然失措。

失魂落魄地走出咖啡馆，纪依辰一个人在路边的长椅上坐了下来，脑海里将刚刚发生的事情重复播放了几遍，只是越想心里就越难受，一种浓浓的挫败感铺天盖地向她席卷而来。

所有的问题纠结在一起找不到一个出口，让她整个人简直快崩溃了，所幸金媛媛在接到她的电话后不到二十分钟就赶过来了，看见她整个人如夕阳下的花儿般蔫蔫的，金媛媛脸上满是疑惑："依辰，你这小妮子刚刚走的时候还活蹦乱跳的，怎么这会儿又这副要死不活的德行了，你们家傅司铭怎么着你了？"

纪依辰委屈地抬起脸庞，眼眶微红地瞅着金媛媛，活生生像只被欺负了的兔子般，慢吞吞地开口道："媛媛，我是不是做错了？"

金媛媛认真地凝视着她说："你先跟我说说发生了什么事情吧。"

纪依辰带着复杂的情绪将刚刚发生的那件事情从头到尾都跟她说了一遍，金媛媛听着渐渐皱了眉头，一脸无奈地看着她说道："纪依辰，我就说你得好好改改你的这个大小姐脾气了。"

听到她这么说，纪依辰眼神中的委屈更浓，她噘着嘴想要为自己辩解，但话到嘴边又硬生生吞了回去，她似乎连自己都说服不了。

金媛媛叹了口气说道："依辰，你要知道你跟傅司铭交往，本来因为双方经济悬殊会给他带来压力，恋爱是花钱的事情，以傅司铭自尊心这么强的人来说，吃饭看电影什么的他怎么都不会让你出钱，是吧？"

纪依辰想了想之前的一些事情，然后默认地点了点头。

"他家经济条件本来就不好，再加上跟你交往，肯定就更需要用钱了，这时候，他的这份工作对于他来说就更重要了！但如果他的工作因为你不喜欢就要去换，那不就是任你摆布了嘛，那你把他的自尊心放哪里？"

"我又不是要他听我摆布，只是他在那里工作，那些女客人时刻都想找机会接近他，我想想就不舒服。"纪依辰眉眼低垂，心情极为低落。

金媛媛一时间啼笑皆非，故意摆出一副戏谑的表情瞅着她："那就只能怪你找一个那么优秀的人做男朋友，你如今就算把他从咖啡馆里弄到别处去，他身边的追求者肯定也是排着队在等他的，这事你一开始就要做好心理准备啦。"

　　纪依辰听她说完更郁闷了，烦躁不已地说道："我知道他很受女生的欢迎，我也做好了心理准备，可是真正看见那一幕的时候，心情还是会很不爽呀！"

　　金媛媛连忙劝解道："你就满足吧，真是身在福中不知福！他对你已经很例外了，你还要他怎么样？如果你非要把他变成你心目中最理想的那个人，那他就不是傅司铭了。"

　　听完金媛媛的一番话，纪依辰在心里仔细想了想，觉得她说的确实有道理，她好像是有点儿太任性太不懂事了。

　　她再次用求助的目光看向金媛媛，一脸可怜兮兮地问："那我现在该怎么办？司铭他好像生我气了……"

　　金媛媛露出一抹狡黠的笑容，眼睛都笑得眯了起来："对付男生生气最好的办法当然是撒娇啊，这招你不是最有经验的吗？"

　　纪依辰一脸迷惘："我哪里有经验？"

　　金媛媛笑着拍了拍她的肩膀说道："把你平时做错了事情对付你哥的那招用在傅司铭身上，估计就绰绰有余了。"

　　纪依辰不可思议地瞪着金媛媛："我哥跟傅司铭怎么能相提并论！"

　　金媛媛挑眉反问："怎么不可以？他们不都是男人吗？"

　　纪依辰的脸上依然写满了狐疑："真的可以？"

　　金媛媛冲她神秘兮兮地眨眨眼睛："可不可以，你试试不就知道了？"

　　纪依辰犹豫了片刻，心底好像慢慢有了些信心，于是她用力地点点头：

“好，那我就去试试！”

话音一落，她就从长椅上站了起来，不等金媛媛说话，她已经飞快地跑远了。

金媛媛目瞪口呆地看着她跑远的背影，今天这丫头好像是第二次抛下她了吧？还真是有够重色轻友的！

纪依辰再次回到天美咖啡馆，但是这次她没有进去，而是站在咖啡馆外面等着，如果这会儿她再进去，难免会对傅司铭造成一些困扰，肯定会让他更加不开心。

傍晚悄然降临，柔美的夕阳将咖啡馆轻轻笼罩，透明的玻璃外围洋溢着一层美轮美奂的光泽，就像置身于梦幻的世界里，美得不可思议。

纪依辰蹲在玻璃桥面上，百无聊赖地看着桥下清澈透明的溪水源源不断地流淌，溪水中还有五彩的鹅卵石，此刻在夕阳的照射下一闪一闪的，煞是好看。

她一时兴起，拿起手机就拍了起来，然后选了几张好看的图片发到了微信的朋友圈上，顺便写了两句自认为特文艺的感慨：等待的时光总是最漫长的，幸好有美景作陪。

不料发表不到一分钟，下面就出现了一条留言，微信昵称为“淑女媛”留言：重色轻友的丫头，绝交！

纪依辰心虚不已，立刻回复了她一个笑脸：好媛媛，今天真是谢谢你了，改天请你吃饭！

　　"淑女媛"很快又回复了她：骗子！你都欠了我多少顿饭了！

　　纪依辰又发了几个笑脸过去安抚她：改天一定一顿一顿还你。

　　"淑女媛"接着又回了她：一顿就够了，不过必须让你们家傅司铭请，哈哈，就这么愉快地决定了！

　　纪依辰这次回了一个省略号给她，然后将手机放回包里后，再次往咖啡馆内的方向望去，咖啡馆的客人进进出出，却始终不见傅司铭的身影，她叹了口气，心情渐渐有些不安起来。

　　夕阳西沉，暮色四起，咖啡馆内亮出温暖柔和的光，徐徐的夜风吹在人的身上，却带了几分凉意，当她感到微微有些冷的时候，肚子也咕噜噜地叫嚷了起来。

　　当真是饥寒交迫啊。

　　到底要什么时候才下班嘛！纪依辰不满地看着咖啡馆，以往对它的好感瞬间化为灰烬，这么晚了都还不让员工下班，真是苛刻！

　　可怜的傅司铭，工作这么久一定很累吧，以后她一定要对他体贴些才行。

　　时间越来越晚，咖啡馆里的客人陆续走了出来，纪依辰紧盯着咖啡馆的大门，无比期待着那个身影出现。

　　她从来没有发现自己的耐性竟然可以维持得这样久，双脚麻得失去了知觉，肚子都快饿扁了，夜风吹在身上直打哆嗦，种种的一切都没有让她打退堂鼓。

她蹲下身子，将下巴抵在膝盖上，一边等一边数着时间，从1数到1000，再从头数起，如机器般不断重复。

傅司铭从咖啡馆出来的时候，一眼就看见了蹲在路边像只可怜的小猫似的纪依辰，从咖啡馆里射出的灯光静静地洒在她的身上，给她周身镀了一层轻柔的光泽，让他远远望着，心里不禁生出几分莫名的柔软。

下午的那丝不快瞬间消失得无影无踪。

他快步走了过去，在她的面前停下脚步，语气中带着几分疑惑："你怎么还在这里？"

纪依辰闻声，连忙惊喜地抬起头来，看见傅司铭的那一刻，她的心情瞬间灿烂如绽放的烟花，立刻笑逐颜开地问道："司铭，你下班啦？"

此刻傅司铭换下了工作服，穿上了平时穿的白衬衫以及休闲裤，清爽干净，气质出尘，再加上他那张精致得没有一丝瑕疵的脸，就好像刚从画中走出来似的，有点儿不真实的味道。

"我问你在这里做什么？"傅司铭专注地盯着她问。

"等你呀！"纪依辰笑眯眯地看着他，一双眼睛好似此刻的月光般皎洁明亮。

"等我？"傅司铭眼底光芒一闪，难以置信地瞪着她，"你该不会从下午一直等到现在吧？"

纪依辰笑着冲他眨眨眼睛："你真聪明。"

　　傅司铭脸上的表情一沉，幽深的瞳孔中带着几分复杂的情绪："你要等的话怎么不进去里面等？"

　　"外面等也挺好的呀，看看夕阳赏下月亮也蛮惬意的嘛！"纪依辰努力让自己笑得自然一些，结果一阵冷风吹来，她浑身哆嗦了一下，笑容立刻就显得僵硬了起来。

　　这是个拙劣的借口……

　　"那我就不打扰你继续赏月了。"傅司铭说完，面无表情地转身准备走。

　　"等等！"

　　纪依辰急忙伸手拉住他，准备站起身来，谁料双脚剧烈的麻痛让她立即又跌坐了下去，眼疾手快的傅司铭反手拉住她，才让她避免坐到了地上，但她只能继续可怜兮兮地蹲着，等那阵麻劲慢慢缓过去。

　　傅司铭微微拧眉，下意识地关心道："你还好吧？"

　　纪依辰紧紧抓着他的手，勉强露出的笑容里透着几分尴尬，以讨饶般的姿态可怜兮兮地看着他说："司铭，今天下午都是我不好，我以后再也不干涉你工作上的事情了，你做出的所有决定我一定尊重你……"

　　傅司铭的眉头骤然蹙紧，一丝难以形容的情绪从心底涌了出来，他神色复杂地盯着她，一字一顿地说："纪依辰，我问你现在感觉怎么样？"

　　看他一脸不悦的样子，纪依辰赶紧笑着摇摇头，一边试图站直身子，一边说："我没事没事，就是脚有点儿麻，歇会就好了，我现在自己就可以走……"

她太心急证明自己，结果反倒弄巧成拙，刚一使劲站了起来，双腿瞬间仿佛有千千万万根针在戳着她，密密麻麻的痛楚让她整张小脸都忍不住皱了起来，她倒吸了口冷气，下意识地又想蹲回地上。

傅司铭急忙伸手再次扶住她，语气里透出一股不容反驳的力量："动不了就不要乱动！"

纪依辰心里顿时有些尴尬加委屈，正当她不知道该说些什么才好的时候，傅司铭突然弯下身去将瘦小的她轻而易举地打横抱起，不待纪依辰做出任何反应，他已经抱着她疾步往前走。

她愣愣地看着他，眼睛都不敢眨一下。

傅司铭沉静的俊脸上没有一丝情绪的浮动，双瞳如夜色下的大海，深邃而神秘，让人不可捉摸，可是他的怀抱那样有力而温暖，纪依辰不得不承认，她真是喜欢极了此刻这种感觉。

心跳的速度瞬间加速，一股灼热感从耳畔漫延开来，她努力掩饰内心抑制不住的紧张激动，情不自禁地伸出一只手轻轻地敲了敲他的胸膛，声音低柔："司铭，你不要生我的气好不好？以后我一定乖乖听你的话，不勉强你做任何你不喜欢的事情……"

傅司铭的身体不经意间僵硬了几分，他俊脸微沉，不喜也不怒的声音里却透着一股不自然的古怪："我什么时候生你的气了？"

"你没有生我的气？"纪依辰眼睛一亮，欣喜之情溢于言表，紧接着她

又握紧拳头故意捶了捶他的胸口，"你没生气就早说嘛，害我在外面等你那么久，还一直担心来着！"

傅司铭的眼底浮起一抹无奈，声音明显柔软了几分："下次你要等就进去咖啡馆里等，不要傻傻地在外面等。"

纪依辰脸上漾起一抹幸福的微笑，她伸手勾住他的脖子，凑到他的耳边，呵气如兰地说道："你在心疼我对不对？"

傅司铭的脸颊瞬间滚烫得如同着了火，原本沉静的表情突然间变得有些复杂，他下意识地吸了口气，声音硬邦邦的："你离我远点儿，好好说话行不行？"

纪依辰吐了吐舌头，重新缩回到他的怀里，沉默了片刻，头顶忽而传来傅司铭再次柔软下来的声音："今天我的态度也不好，对不起。"说完，他便在她的头顶上轻轻落下一吻。

纪依辰全身的每个细胞都兴奋起来，这样前所未有的亲昵，几乎快要把她的心脏融化了。

"你不用跟我道歉，我也已经原谅你了。"纪依辰抑制不住内心的欣喜，声音里透着少女独有的羞赧。

话音落后，虽然没有听到傅司铭的回答，但是她明显感觉到他抱住自己的手臂力量悄然紧了紧。

傅司铭抱着她又走了几十米后，她突然想起来一件事情，迫不及待地抬起头来瞅着他说道："明天是星期天，你有什么安排没？"

"怎么了？"傅司铭不答反问。

纪依辰心直口快地说道："明天我想跟你一起去海边玩，顺便在那里露营一晚，我们一起看夕阳，看星星，再看日出，好不好？"

傅司铭没有立刻回答，犹豫着沉吟了起来。

纪依辰心里突然无比害怕他会拒绝，她赶紧伸出双臂紧紧地搂着他的脖子威胁道："你要是不答应我，我就赖在你身上不下来了！"

傅司铭一时间哭笑不得，一脸质疑地看着她道："你刚刚不是才向我保证，不会勉强我做不想做的事情吗？"

纪依辰登时下不来台，于是继续发挥她的赖皮："那你不愿意陪我去也可以的，那我赖在你的身上不下来你也管不着！"

傅司铭挑了挑眉："你确定我管不着？"

纪依辰知道这招很差劲，实在没有什么威胁力可言，只得低眉垂眼，委屈不已地说："可是，我真的很想跟你一起去海边啊……"

对于她这番楚楚可怜的模样，傅司铭总是无力抵抗，他无奈地叹息了一声："好了，我陪你去就是了。"

纪依辰立即破涕为笑："你说真的？"

"嗯。"傅司铭回答得非常干脆。

"司铭，你真是太好太好啦！"纪依辰再次勾住他的脖子，在他脸上用力地亲了一口，"我真是好喜欢好喜欢你！"

傅司铭虽然微微皱着眉头，但眼底流转的笑意却难以掩饰，他摇头叹息

道："真是拿你没办法。"

他这辈子算是栽在这个小女子的身上了。

纪依辰开心了好一阵之后，又猛然想到了个问题，于是又开口问道："你要带我去哪儿？"

"吃饭。"

闻言，纪依辰伸手摸了摸饥肠辘辘的肚子，可怜兮兮地哀叹："对哦！我差点儿忘了我的肚子都快饿扁了！"

吃饱喝足之后，两个人并肩在月光下漫步，不疾不徐地往纪家方向走着，时光那样温暖宁静，美好得让纪依辰多想就这样牵着他的手一直走下去，永远不要停下来。

可是，明明那么远的距离，但还是到了尽头。

"这是你家？"傅司铭打量着眼前的这套别墅，表情在迷离的路灯下显得有些难以捉摸。

"对啊。"纪依辰微笑着冲他眨眨眼睛，"下次来找我的时候，不要记错了哦。"

傅司铭淡淡一笑："好了，时间不早了，你快点儿进屋去吧。"

纪依辰却拉着他的手不肯放开，一双眼睛里充满了对他的恋恋不舍："可是，我还想再跟你多待一会儿。"

傅司铭看着她，眼中浮起一丝不易察觉的宠溺，他无可奈何地说："可是，这么晚你再不回去，你家里人该担心你了，再说我们明天不就见面了？"

"那今晚一晚我都不能见到你。"纪依辰不满地摇着头，"太漫长了，我要跟你多待一会儿，要不……我再送你回家好不好？"

她的脸上充满了期待跟跃跃欲试，一点儿都没有开玩笑的样子。

傅司铭的俊脸上漾起一抹前所未有的温柔，他将她娇嫩柔软的小手握在手心中，然后送到他的唇边，轻轻落下一吻："不用了，等下你送我回到家，我又得担心你回家，这样我们今晚就都别想回家了。"

"可是……"

纪依辰还想再坚持，结果身后的大门忽然被人打开，两人闻声回头望去。

刚刚踏出大门的纪轩毅在对上两人的视线时，表情忽而一怔，目光中瞬间溢满了难以置信。

气氛僵了好一会儿。

纪依辰率先打破了僵局，有点儿意外地问："哥，你出来做什么？"

纪轩毅一改以往温和的神态，语气里带着几分隐隐的怒气："有个这么晚还没回家的妹妹，你说我出来做什么？"

"我刚刚不是给你发了短信，我会晚点儿回去吗？"纪依辰小心翼翼地看着他，"难道你没看到？"

纪轩毅不答反问："你这几天回来这么晚，并且对我撒谎，都是因为他

107

吗？"他死死地盯着傅司铭，目光犀利得仿佛要将对方一下就看穿。

纪依辰有点儿尴尬："哥，这件事情我以后再慢慢跟你解释……"

纪轩毅面无表情地说道："依辰，从小到大你从来没有对我撒过谎，我并不认为一个让你撒谎的人，能给你幸福。"

纪依辰急忙皱眉解释："哥，不是你说的这样，我撒谎不关司铭的事情！"

纪轩毅却仿佛没有听到她的话，他直勾勾地盯着傅司铭，迈出脚步一步步向傅司铭逼近，声音里有股隐忍的情绪："你觉得就凭你，跟我妹妹在一起合适吗？"

从来没有见过纪轩毅说话这么不给人面子的纪依辰，一时间慌乱不已："哥，你说什么啊？什么合适不合适的……"

纪轩毅与傅司铭目不转睛地直视着对方，仿佛忘记了纪依辰的存在，没有人回答她。

纪轩毅咄咄逼人的气息却没有震慑到傅司铭，俨然没有一丝畏惧感的傅司铭淡淡一笑："你就是纪依辰经常提到的哥哥？纪依辰说从小哥哥就特别疼她，今日一见果然不假。"

纪轩毅不冷不热地盯着他。

傅司铭依旧不动声色地说："我知道作为哥哥你很关心自己的妹妹，这是正常的，不过我相信我跟依辰都能处理好我们之间的感情问题，谢谢你的关心。"

纪轩毅俊眉微拧，幽深的瞳孔瞬息万变。

不待纪轩毅回答，傅司铭继而温文尔雅地说："依辰，时间不早了，今晚我就不冒昧进去打扰你家长辈了，改日一定登门拜访。"

纪依辰此刻纵然是再不舍得傅司铭，但她分得清事情的轻重，这会儿傅司铭显然先离开比较好，所以她也没有挽留，只是表情复杂地点点头："好，晚安。"

"好梦。"

傅司铭说着又礼貌性地冲一脸淡漠的纪轩毅微笑着点点头，然后才转身离去。

直到傅司铭的身影在黑夜中消失，纪依辰才跟纪轩毅进屋，她径直上楼回到了自己的房间，纪轩毅也跟着一起来到她的卧室。

纪轩毅刚刚关上房门，纪依辰便转身一脸怒气地盯着他，眼眶微微泛红地说道："哥，你怎么可以这么对我的男朋友？你知道我有多喜欢他吗？"

纪轩毅怔怔地看着她，深吸了一口气，努力平息自己内心复杂的情绪，但那一丝痛楚却怎么也忽视不了，连带着声音里也透出一丝颤抖："依辰，你不能喜欢他。"

纪依辰立即反驳道："为什么不可以？我难道没有喜欢一个人的权利？"

纪轩毅慢慢走到她面前，看着委屈得眼睛都红了起来的她，下意识地想要抬手温柔地摸摸她的头，可是，此刻他的手却突然间丧失了所有的力量。

最终，他只能心疼地看着她："依辰，你也知道爸爸妈妈从小就那么疼你，恨不得把全世界最好的东西给你，如果爸妈知道你跟一个穷小子谈恋爱，他们一定会很难过很生气。"

"穷又怎么了？我不在乎他有多穷！"纪依辰倔强地仰着下巴，"再说，司铭那么优秀，他以后一定非常有前途，他各方面都非常优秀，穷只是暂时的！"

纪轩毅的眼中翻涌起各种复杂激烈的情绪，他紧紧地盯着她，几乎用命令式的语气说："反正无论如何，你都必须跟他分手！以后都不许再见他！除非，你不要我这个哥哥了！"

第一次见到哥哥如此不可理喻的样子，纪依辰心里难过极了，珍珠般的泪水夺眶而出，她的声音明显带着哭腔："哥，你怎么可以这样对我？你真是太可恨了！"

纪依辰一夜未眠，脑海里被哥哥的一番话以及明日即将到来的浪漫约会统统塞满，用悲喜交加来形容她的心情再贴切不过了。

翌日清晨，她在餐桌上吃早餐的时候，总觉得有一双眼睛一直在盯着她的一举一动，让她小心翼翼地隐藏着心事，不敢轻举妄动。

事实上，那双眼睛的主人纪轩毅其实如同往常一般，在她下楼的时候，他坐在沙发上看报纸，一家人吃早餐的时候，他也吃得非常认真，好像没有什么异常之处。

可是，毕竟昨晚被他当场撞破了，纪依辰不可能当成什么事情都没发生，完全忽视哥哥的存在，光明正大地出门去跟傅司铭约会。

她觉得哥哥此时的状态不过是暴风雨之前的宁静，她不敢去触碰哥哥的底线。

然而，让她生生错过跟傅司铭的浪漫约会，她又万分不甘！

吃完早餐之后，心事重重的纪依辰回到了自己的卧室里，她在房间里走来走去，神情焦灼，满脸愁绪。

她到底要怎样才能让哥哥放心，让自己顺心如意地跟傅司铭一起去海边露营呢？

她在房间里纠结了半个小时，最后终于想出了一个主意。

她旋即拿出手机来，迅速地拨通了金媛媛的号码，手机里的铃声响了好一阵对方才接通，金媛媛带着浓浓睡意的声音从手机里传过来："一大早扰人清梦，最好是有天大的好事告诉我，不然看我不灭了你！"

纪依辰有些心虚，厚着脸皮笑道："我的好媛媛，我今生能不能幸福就全靠你了！"

金缓缓立马察觉到了不对劲，沉声道："臭丫头，我就知道你一大早找我肯定没好事！说吧，又怎么了？"

纪依辰赶紧把事情经过跟她简洁地讲了一遍："昨晚我哥看见傅司铭送我回家，他十分不高兴，不允许我跟傅司铭再来往，但你也知道我今天跟傅司铭约好了去海边露营的，我不想就这么错过这个机会啊！"

111

金媛媛带着几分戏谑的口吻说道："我就说过你哥他们肯定不同意你跟傅司铭交往的，你还不信！"

纪依辰极力地讨好着她："好好好，我的好媛媛，你真是料事如神，我佩服你！你不仅聪明而且能干，这次我这个忙你非帮不可！"

手机里来传金媛媛无奈的叹息："说吧，需要我怎么帮你？"

纪依辰在手机里跟金媛媛说完自己的想法跟计划后，便挂了线，接着便坐在床上一边祈祷事情顺利，一边紧张地等待着。

不得不承认，金媛媛这丫头虽然有时候嘴巴有点儿损，但办事效率还是让她很感动的，不到半个小时，一身淑女装扮的金媛媛便按响了纪家的门铃。

纪家跟金家是世交，纪依辰跟金媛媛从小玩到大，所以纪妈妈把金媛媛也当半个女儿，每次金媛媛到访纪妈妈都分外热情，今天也不例外。

金媛媛在客厅里跟纪妈妈热络了一阵，一旁的纪依辰有点儿迫不及待了，她走到金媛媛的面前拉着她的手，冲她眨了眨眼睛，然后又装出一副若无其事的样子说道："媛媛，你今天过来做什么？"

金媛媛笑容自然地回答："我妈今天早上给了我两张画展的票，我一个人去看无聊，就想来问问你，你要不要陪我一起去看呢？"

纪依辰立即点头如捣蒜："可以呀，反正我在家也无聊来着。"

"那行。"金媛媛探头望向纪妈妈，脸上露出了一个甜美阳光的笑容，"纪阿姨，今天我把您的宝贝女儿借出去一天，您不介意吧？"

"从小到大你们借来借去的也不是一回两回了，我要是介意早八百年就介意了。"纪妈妈精致的面容上露出优雅大方的微笑，"你们去吧，记得准时吃饭就是了。"

"遵命！"金媛媛笑逐颜开地回道。

随后，她跟纪依辰默契地交换了一个胜利的眼神。

"那你等等我，我上楼去拿包包，顺便换下衣服。"纪依辰笑着欢快地跑上楼去。

纪妈妈倒了杯饮料给金媛媛，热情地招呼她在沙发上先坐会，金媛媛盛情难却，只好在沙发上先坐下，只是看着此刻坐在对面沙发上正手捧笔记本认真地看着资料的纪轩毅时，她心里不免一阵心虚。

她掩饰自己内心的不安，努力露出一个笑脸来，若无其事般地问："轩毅哥，周末怎么没出去玩？"

纪轩毅关掉笔记本，然后抬头看着她，嘴角含着一抹温文尔雅的微笑："难得休息，在家里待着也挺好。"

金媛媛连忙点头："那是那是！"

纪轩毅将笔记本放到前面的茶几上，接着顺手端起旁边的一杯咖啡，姿态优雅地喝了起来，随后看似不经意间问："你们今天去哪里看画展？"

金媛媛脸上的表情微微一僵，紧接着她又笑道："就……就青江路那边。"

纪轩毅听着点点头，俊脸上的表情似乎没什么变化，他也没再接着问下

去。

但金媛媛此刻却有些坐立不安起来，她的目光时不时瞥向楼梯的方向，待看到纪依辰的身影终于出现时，她立刻将手里的饮料一饮而尽，然后赶紧站起身来迎向纪依辰。

"时间不早了，我们赶紧走吧。"金媛媛有些着急地拉了拉纪依辰的衣服，然后趁没有人注意又冲她使了个眼色。

纪依辰朝她点点头，向正在落地窗前修剪着花枝的纪妈妈说道："妈，那我跟媛媛先走了。"

纪妈妈将目光从盆栽上移开，远远地冲她们一笑："嗯，早点儿回来。"

"嗯嗯。"

纪依辰用力点头，在迫不及待想离开之前，她又朝纪轩毅看过去，声音明显低了许多："哥，那我先走了……"

纪轩毅从沙发上站起来，目光有些幽深地看着她："我送你。"

"不，不用啦。"

纪依辰被他看得甚为心慌，赶紧转移目光，拉住金媛媛的手就往玄关处走去，纪轩毅不动声色地跟了上来。

THE
LOVE
第六章
以后我会一直陪在你的身边，
不会让你感觉孤单的
C H A P T E R
06

　　两个女孩子在他无声的注视下，顿时无比心虚，手忙脚乱地穿着鞋子，左右都差点儿弄错了。

　　纪轩毅微微地眯了下双眼，瞳孔越发幽深起来，眼中的情绪复杂而纠结，心底深处无端涌起一丝痛楚。

　　他一直抿唇不语，直到她们打开门准备离开的时候，纪轩毅才看着背对着自己的纪依辰郑重地开口："依辰，答应我不要和他再继续纠缠下去了好吗？"

　　纪依辰背脊一僵，金媛媛有些担心地看了她一眼，只见她好不容易才挤出一丝笑容来，说道："哥，我知道了，我先走了！"

　　说完，她以落荒而逃般的姿态匆匆离开了。

　　金媛媛带着些许复杂的情绪冲纪轩毅笑了笑，然后也疾步跟上纪依辰。

　　纪轩毅站在门口凝望着那个越走越远的身影，心突然狠狠揪痛了起来，那个身影就好像是一只断了线的风筝，离他越来越远，最终，再也不属于他。

　　俊脸上悄然间浮起一抹忧伤，阳光将他的身影拉得又长又孤单，无声的落寞将他铺天盖地笼罩。

纪依辰跟金媛媛一路并肩走了很远的一段路程，直到来到一条分岔路口，两人才放松警惕停下来。

金媛媛后怕似的拍拍胸口，言语间颇为懊恼："纪依辰，我发誓这辈子再也不跟你一起撒谎骗你家人了，尤其是你哥哥，刚才他看我那眼神，让我觉得自己就是透明的。"

纪依辰有些内疚："媛媛，总之无论如何都要谢谢你了，你对我真好，这辈子能交到你这个好朋友真是我的福气！"

金连忙她摆了摆手，忧心忡忡地说："行了，话先别说那么早，我瞒着你家里任由你跟傅司铭交往，这未必就是件好事呢，将来你跟傅司铭最好能幸福，不然，我罪恶感可就深了！"

想到傅司铭，纪依辰就抛却了所有的烦恼，脸上绽开一个灿烂的笑容，她信心十足地说："放心吧！我一定会幸福的！"

金媛媛却没她那么乐观，她皱眉疑惑地说："依辰，我怎么总觉得你哥哥有点儿不对劲？"

"你也看出来了？"纪依辰瞬间找到了知音，立刻开始诉苦，"我也才第一次发现我哥哥居然这么霸道，我以前一直都以为他是最宠我的，结果他居然要干涉我的恋爱自由，比爸妈平时对我最严厉的时候还要严肃吓人，你知道吗，经过昨晚那件事情，我是真的有点儿怕我哥了……"

金媛媛一脸束手无策却又有些看好戏的表情："我看你是被你哥宠太久

了，突然被他这么严厉地管束，一时间有些适应不过来吧？"

纪依辰噘嘴表示不悦："可是我哥这次也太不讲理了，司铭那么优秀，有什么可挑的？"

"不过你还别说。"金媛媛一脸若有所思的模样，"我觉得你哥看你的眼神有些奇怪，不像一般的哥哥反对妹妹与别人交往的样子，倒像是……"心爱的人即将要被夺走的样子。

后面的话她没有说出口，因为这种想法把她自己都吓了一跳，纪依辰跟纪轩毅是兄妹，她这样想未免有违常伦。

金媛媛话说到一半没有再说下去，令纪依辰疑惑不已："倒像是什么？"

"没什么啦，我也说不出个所以然来，就是感觉怪怪的。"金媛媛不想再将这个话题继续下去，转而说道，"对了，这会儿时间也不早了，你赶紧去找你家傅司铭准备准备就去海边吧。"

想到要去海边约会，纪依辰的心情瞬间就雀跃了起来，她嘱咐道："记得晚上如果我妈打电话给你，你就说我在你家，千万不要说穿了哦。"

"知道了。"金媛媛也语重心长地提醒她，"你也记得不要玩太过了哦，把握好分寸。"

纪依辰脑海里有片刻的空白，紧接着很快就明白了金媛媛话里的意思，她顿时脸红耳赤起来，羞报地瞪了金媛媛一眼："你瞎想什么呀！快走快走！快去找你们家子泽去！"

金媛媛笑着举起双手道："好了好了,我就不耽搁你跟你们家司铭哥哥约会的时间了,我先走了,记得玩得开心点儿。"

说完,金媛媛冲她挥了挥手转身就走了,纪依辰看着她的背影开心地说了声"谢谢"。

因为昨晚两人一起散步回家,所以她的车仍停在学校里,她只得先拦了一辆出租车回到学校,再开车赶向与傅司铭约好的地点。

当纪依辰赶到超市门口的时候,傅司铭已经在门口等着她了,今天他在白衬衣外配了一件薄线衫,长腿被牛仔裤勾勒得颀长笔直,干净的皮肤加上精致的五官就跟经过滤镜美颜过的一般,没有一丝瑕疵,全身透出一种与世隔绝的清冷气息,硬生生把身边所有的一切都衬得暗淡失色。

纪依辰将车停好,三两步奔到他面前,在周围一群女生羡慕的目光中,无所顾忌地拉起他的手,笑意盈盈地看着他说:"对不起,让你久等了。"

话虽如此,但她心里其实很受用,这种被他等待着的感觉还真是不错呢,就好像巧克力慢慢在嘴中融化般甜蜜美妙。

"没事。"傅司铭有些出神地看着她,若有所思地说,"我还以为你不会来了。"

毕竟昨晚她哥哥对他的态度不太好,刚刚在等待她到来的这段短短的时间里,他心里想过各种可能,并已做好了接受的准备,但看着她如约到来,他的心情还是前所未有的愉悦。

对待这份感情,她似乎比他想象中还要诚恳和坚持。

纪依辰眨着眼睛装作不明所以地问："这么浪漫的约会我为什么不来？"

傅司铭扬起嘴角露出一抹好看的笑，眼神温柔："好了，你来了就好，那么，我们现在就走吗？"

"不，等下，我们还要去买点儿东西。"纪依辰迫不及待地拉着他的手就往超市门口走去。

进入超市里，面对五花八门各种各样的零食，纪依辰的吃货本性瞬间暴露，几分钟的时间就选了一大包的零食。

傅司铭有点儿难以置信地看了看她纤瘦的身板，又看了看那堆成了一座小山的零食，不由怀疑地问道："这么多零食你要吃到何年何月，会不会过期？"

纪依辰有点儿不好意思地伸出两根手指，低声说："其实我两天就可以搞定。"

傅司铭无奈地摇了摇头，俯身从她的零食堆里拿出一部分，然后又从水果货架上拿了一些水果替上，"作为一个女孩子，要好好爱自己，专吃没有营养的东西怎么行？"

纪依辰拉着他的手摇了摇，笑眯眯地说道："有人关心的感觉真好呀！"

傅司铭看了她一眼，眼底隐隐闪着几分笑意，却没有说话，推着推车继续往前走。

纪依辰急忙跟上他的步伐，眨着眼睛十分兴奋地说道："对了，司铭，你都从来没有跟我说过'我爱你'呢，现在对我说说看吧？"

傅司铭的眼底异光一闪，他不动声色地说："不好。"

"为什么呀？不就简单的三个字吗，你就对我说说嘛，我可想听了。"纪依辰缠着他不依不饶。

傅司铭干脆抿着唇连腔都不开了。

"说你爱我，说你爱我，说你爱我……"

纪依辰不顾周围人投来的异样目光，缠着傅司铭不停地念叨着。

傅司铭纵然定力再好，也不过是个第一次谈恋爱的男生，这么一路被人偷看着窃窃私语，他的脸终于微微泛起一抹薄红，只得压低声音无奈地对她说："纪依辰，你真不知羞。"

纪依辰顿住脚步，睁大一双眼睛紧紧地瞪着他，小脸上充满了不甘与委屈："不就让你说句'我爱你'，真的就有这么难？"

说完不等傅司铭回答，她赌气地转身就走，只是刚刚转身，她就在心里不断地祈祷：一定要来追我，一定要来！

可是，她不敢回头看，回头她就输了，于是她只有一边祈祷一边硬着头皮往前走。

原本她想往超市的出口走，结果方向感极差的她却迷路了，一时间迷失了方向，正准备找个工作人员打听下的时候，她的眼角余光突然瞥见一件非常让她感兴趣的东西——露营专用的帐篷！

　　她兴高采烈地走过去，一边摸着面前的帐篷，一边情不自禁地幻想着在海边露营的画面……

　　身体里所有的细胞都跟着兴奋沸腾了起来！

　　她还未从幻想的喜悦中走出来，身后突然响起了一个熟悉的声音："我觉得这个帐篷不错。"

　　纪依辰看着傅司铭指的那个帐篷，立刻赞同地点头："我也觉得不错！这款颜色跟设计都不错，最重要的是，这里面只有它最大了！"

　　最大的这个帐篷，足够他们两个一起躺在里面，握着彼此的手，听着海浪声，慢慢入眠……

　　想想就觉得美好得不可思议。

　　傅司铭看着正一脸憧憬的纪依辰，唇角隐隐带笑："不生我的气了？"

　　纪依辰眨着一双无辜的大眼睛，故作一脸不明所以："我什么时候生你气了？"

　　傅司铭看着她孩子般的模样，唇角的笑不觉间又加深了几分，将帐篷放入购物车里后，他悄然握住纪依辰的手，不等她做出任何反应，拉着她的手往收银台的方向走去。

　　纪依辰看了看购物车里的帐篷，又看了看被他温柔握紧的手，心中忍不住一阵窃喜。

　　敞篷跑车穿梭在宽阔的柏油路上。

迎面吹来的风将纪依辰长长的头发吹得飞扬起舞，她坐在副驾驶座上张开双手，开心地大声呐喊："大海，我们来啦！"

正开着车的傅司铭转头看了她一眼，嘴角情不自禁地往一侧弯起。

纪依辰深深地吸了口气："不用开车开得提心吊胆的感觉可真好。"

她的开车技术傅司铭早就见识跟领教过，所以这次他坚决由自己来开车，主动坐到了驾驶座上。

结果出乎纪依辰意料之外的是，傅司铭的开车技术非常娴熟自始至终一副泰然自若的神情，每一个动作都有条不紊。

纪依辰觉得，就算是从小就对赛车情有独钟的哥哥的技术，也不过如此了。

"你开车的技术好棒。"纪依辰由衷地赞叹，又不免有些好奇，"你好像开过很久的车？"

可以他的条件，也并不像是有车一族的学生啊，她心里颇为疑惑。

傅司铭如实说道："我平时有空的时候，偶尔会兼职代驾，补贴下平时的生活费。"

纪依辰愣了一下，心底不由得涌起一丝莫名的难受与心疼。

她侧着头凝视着正认真开着车的傅司铭，这是一个优秀又努力的男生，她有什么理由不去爱他或者放弃爱他呢？

就算他们之间有再多的难题，她也要一步步努力迈过所有荆棘，走到他的身边，与他并肩前行。

她冲他微微一笑："那不好意思了，以后可要请你当我免费的司机了！"

傅司铭若有所思地点头："嗯，为了以后能减少一个马路杀手，这个可以考虑。"

纪依辰瞬间不乐意了，心里满满的委屈："我才不是马路杀手！"

傅司铭笑而不语。

路程还长，吹了一会儿风后，傅司铭就将敞篷关上，车厢内瞬间显得十分安静，纪依辰将车上的音乐打开，在CD机上熟练地摆弄了一阵，一阵深情的前奏缓缓响起。

听着这首熟悉的曲调，纪依辰情不自禁地扬起嘴角："这首《最爱的你》我最喜欢听了。"

"没想到你还喜欢这样的老歌。"傅司铭似乎有点儿意外。

纪依辰微微仰着下巴，眼神中透着几分不容小觑的傲气："你想不到的还有很多呢，你就等着慢慢从我身上挖掘惊喜吧！"

傅司铭听着忍俊不禁地笑了："好，那我就等着。"

纪依辰粲然一笑。

两人在车内闲聊了一阵，虽然纪依辰很喜欢这种跟傅司铭在一个狭小的空间里的感觉，仿佛世界只剩她和他，可是昨夜一夜都没睡好的她，到底还是抵不过阵阵席卷而来的睡意，在不知不觉间就睡了过去。

傅司铭连忙减慢车速，转过头去瞅了酣睡中的女孩一眼，一抹淡淡的笑意从眼底浮起。

　　纪依辰在一阵阵低沉婉转的海浪声中幽幽醒来，如扇子般的睫毛有些迷茫地颤动了几下后，意识渐渐回到一片空白的脑海里，她稍稍垂眼，身上盖着一件薄线衫，上面仿佛还有傅司铭身上那种清冽的味道。

　　她心里顿时涌起一种不可名状的幸福。

　　驾驶座上空空如也，傅司铭不知什么时候已经下车了。

　　她下意识地向车窗外望去，一眼就瞅见那个熟悉的身影正站在沙滩上面朝大海，简单的白衬衫被海风吹得不停地飘动，如同画笔勾勒出来的完美背影让她觉得，用"玉树临风"来形容最恰当不过了。

　　整幅画面都透着一股令人迷醉的味道。

　　纪依辰打开车门下车，脱掉鞋子提在手上，然后赤着脚缓缓向傅司铭走过去，在距离他还有三米的时候，她停下脚步，放下鞋子，拿出手机来对准他的背影，悄悄拍了一张照片。

　　似乎察觉到她的到来，傅司铭微微侧过身来，逆光中的他仿若天神降临："你醒了？睡得怎样？"

　　纪依辰伸了个懒腰，像只满足的猫咪般迎着阳光微笑道："还不错，我们到了多久了？"

　　傅司铭抬手看了看手上的时间："刚好一个半小时。"

　　纪依辰惊诧地睁大眼睛，一脸叹惜地说道："都到了这么久，你怎么不

叫醒我？白白浪费一个半小时！"

本来这一个半小时，她可以跟他做很多很多美好的事情呀……

"现在醒了也刚好。"傅司铭指了指前方，"瞧，快日落了，景色多美。"

纪依辰立即顺着他的视线望去，此刻的太阳仿佛一轮火球，倾尽所有的力量迸发出最后热情的光芒，丝丝缕缕地洒向整个海平面，将原本深蓝色的海面渲染成橙黄色，美不胜收。

她情不自禁迈开步伐，一步步慢慢走到傅司铭的身边，然后伸手轻轻挽住他的胳膊，原本沉浸在美景中的傅司铭被她的动作影响得有些闪神，他看了看她的手，眼中泛起点点波澜。

他没有说话，继续若无其事般地转头欣赏夕阳。

纪依辰嘴角含着浅浅的笑意，微微歪头靠着他的手臂，本来她想如果能枕在他的肩膀上的话，或许更美，怎奈身高差距太大。

不过，能这样挽着他的手臂依偎在他的身边，她也很满足了。

当那轮夕阳即将从海平面消失的时候，傅司铭转身往车子的方向走去，纪依辰有些不解地问道："你去做什么？日落马上就结束了，再看一会儿呀！"

傅司铭回头看着她，无奈地笑了笑："正因为日落快要结束了，如果我们不赶快把帐篷搭好，把该准备的准备好，不然等一下天黑了，就什么都不好弄了。"

纪依辰这才明白过来，脸上立刻堆满了暖融融的笑容："还是你想得周到，来，我帮你一起搭帐篷！"

可是愿望很美满，现实很残酷。从小娇生惯养长大的纪依辰没有一点儿生活经验，平时连床都不会铺，更别谈搭帐篷了。最后在她一阵胡乱扯弄之下，帐篷的一个角生生就被她扯坏了。

知道自己好心做了坏事，纪依辰抬起一张委屈又自责的小脸，小心翼翼地打量着傅司铭的神情，声音低若蚊蝇："我不是故意的……"

傅司铭丢下手里的活，来到她身边检查弄坏的帐篷，颇有些无奈地揉了揉额头，尽量用平和的语气对她说："我来吧，你到边上去玩。"

纪依辰心里无比窘迫，他这意思是让她哪边凉快哪儿待着去吧，不过，对于什么都不会的她来说，好像是最好的选择。

颇有自知之明的纪依辰默默地走到一边，却还是忍不住愧疚地问："我刚刚好像把帐篷扯坏了，还能用吗？"

傅司铭专心修理帐篷，头也未抬："只是一点儿小问题，修修就能弄好了。"

纪依辰这才松了口气，好在没问题，不然今天晚上他们可要露宿沙滩上了……不过，跟他一起躺在沙滩上的感觉，似乎也不错哦！

在一旁闲来无事，纪依辰便掏出手机来，将傅司铭认真修理帐篷以及搭帐篷还有燃起篝火的画面细节，一张张定格下来，画面里的傅司铭外表帅气，气质出众，更重要的是，他似乎无所不能。

　　她陶醉地沉浸在这样的幸福氛围中，心中浓浓的甜蜜和满足感无可比拟，完全没想到家里此时有人正经历着堪比暴风雨般的情感风暴……

　　纪轩毅在书房里待了整整一下午，终于把手里的工作全部做完，合上电脑后，他揉揉眉心站了起来，拿起一旁喝干了的茶杯，走出书房。

　　没走几步，就到了纪依辰的房门口，他用大量的工作来麻痹的心终于还是再次悸动了起来。

　　他轻轻地推开房门，走进这间温馨又熟悉的卧室，里面仿佛到处都是纪依辰的身影。

　　她坐在床上捧着洋娃娃歪着头冲他笑；她站在全身镜前拿着漂亮裙子比在身前询问他好不好看；她站在窗前给盆栽认真浇水的模样……

　　以及，前些天晚上，两人对话犹在耳畔：

　　"哥，你从小到大都对我那么好，要是能一辈子都这样就好啦！"

　　"那你以后都不找男朋友了？"

　　"不找，我只要哥哥就行了！"

　　纪轩毅站在卧室中间怔怔出神，心脏无声地抽紧。

　　纪妈妈路过纪依辰的卧室时，看见房门是打开的，她就走进来看了看，发现纪轩毅站在卧室里发呆，有些惊讶："轩毅，你在妹妹的房间里做什么？"

　　纪轩毅恍然回过神来，他转过头来看着妈妈，淡淡地说："没事，就进来看看，怎么，依辰还没回家吗？"

"刚刚她打电话回来，今晚在媛媛家住，我刚刚也跟媛媛确认过了。"纪妈妈在和儿子说话的时候，顺便帮女儿收拾了下房间，虽然房间其实已经足够整洁了。

"她今晚不回来？"纪轩毅微微拧眉，眼底涌起一丝复杂的情绪。

"她也不是第一次在媛媛家住了，她们俩从小就跟一对连体婴儿似的。"纪妈妈无奈地笑了笑。

纪轩毅抿紧薄唇，脸上的表情变得深沉起来。

纪妈妈察觉到他的表情变化，忍不住疑惑地问："儿子，你最近是怎么了？好像心事重重的样子。"

纪轩毅抬起视线望向纪妈妈，眼中泛起一丝微不可察的痛楚，沉默了好一阵，他才声音微哑地说："妈，我可不可以……喜欢依辰？"

纪妈妈错愕不已，她有些不自然地笑了笑："当然可以喜欢，她是你妹妹，你不喜欢她喜欢谁？"

"不是……"纪轩毅微微蹙眉，"不是哥哥喜欢妹妹的那种喜欢，是异性之间的那种喜欢。"

纪妈妈目瞪口呆地看着他，惊诧得一时忘记了言语。

纪轩毅眼中流露出一抹浓浓的伤感，俊脸溢满了痛楚，他难过地皱紧眉头，恍惚地摇头道："妈，当初为什么要收养依辰？为什么要让我们成为名义上的兄妹关系？"

"轩毅……"纪妈妈脸上的血色一点点褪去。

"在第一次见到依辰的时候，我跟妈妈一样觉得她真的好可爱，那时候家里因为她的到来，我们一家人也更加幸福……"各种情绪交织，最终化为让他无法控制的汹涌痛苦，"可是，渐渐地，我又在心里问了一遍又一遍，为什么她要是我的妹妹？她明明跟我没有一丝血缘关系，我明明可以对她肆无忌惮地表达我内心真正的感情……"

纪妈妈震惊不已地盯着纪轩毅，心底涌起各种复杂难辨的情绪，一时间不知道该做出怎样的反应。

夜幕下的大海，海浪声声不绝于耳，海风热情地迎面扑来，仿佛带点咸咸的味道，有种说不出的舒适感。

篝火在热烈地燃烧，时不时响起"噼噼啪啪"的声音。

纪依辰与傅司铭肩并肩坐在篝火旁。

傅司铭手里拿着一根木棍时不时搅动着火堆，让柴火充分燃烧，火星时不时从火堆里溅出，落在一旁的沙子里，转瞬消失不见。

纪依辰手里拿着一个橘子，她剥下一瓣橘肉塞进嘴里吃掉，然后还不忘给傅司铭剥一瓣送到他的唇边。

傅司铭笑了笑，张开唇将唇边的橘肉吃了下去，在不经意间，他的唇轻轻擦过她的手指。

仿佛被电了一下，有种奇妙的气流在两人中漫延。

傅司铭若无其事地继续吃着橘肉，转头看着篝火，火苗在他眼中清晰地跳跃，纪依辰下意识地缩回自己的手，咬唇抿着难以自抑的笑意。

吃掉橘子后，她擦干净手，再次自然而然地挽着傅司铭的胳膊，枕在他的肩膀上，微笑着说："司铭，我们就这样一直下去好不好？再也不离开这里了，一直坐到天荒地老。"

傅司铭却没有她那样乐观无忧，他无奈地笑了笑："再美好的东西，都有时间期限的，这是现实问题。"

纪依辰噘起嘴来有点儿不满了，她枕在他的肩膀上，闭着眼睛撒娇："你可不可以不要这么扫兴嘛，我才不管那么多，反正我就要和你两个人在一起，永远都不分开。"

傅司铭笑着摇摇头，一缕忧伤在他眼中若隐若现："那你也不管你的家人吗？"

纪依辰默默睁开眼睛，只听他继续婉转地说："你哥哥，他似乎就对我们两个在一起有意见。"

纪依辰的脸色微微一变，她收敛起内心异样的情绪，抬起头来看着他，努力露出一个微笑："没有呀，我哥哥很支持我们的。"

傅司铭疑惑地拧眉："是吗？"

纪依辰抬手轻轻抚平他皱起的眉头，眨着眼睛语气坚定地说道："你不要想那些，没有谁可以阻止我们相恋。"

哪怕有再多的人反对，她都会坚持下去。

傅司铭深深地看了她一眼，眼底泛起一丝异样的波澜，他没有再多说什么，只是专注地看着她，嘴角扬起一抹温柔的笑。

纪依辰发现两人之间的气氛因为这个话题变得稍稍有些尴尬，做点什么才能将这隐隐的尴尬抹去呢？

脑子里灵光一动，她想出了一个主意，于是颇为兴奋地提出一个提议："要不，我们来做一个游戏好不好？"

"什么游戏？"傅司铭淡声问，他似乎并不是那么有兴致的样子。

"就是我们两个来干瞪眼，谁先眨眼谁就输了，输了的那个就必须说出一个心底的秘密。"

傅司铭哭笑不得地皱眉："这会不会太幼稚了？"

"哪里幼稚了？"被鄙视的纪依辰充满了不甘，她一脸挑衅地盯着傅司铭道，"我看你分明就是不敢挑战，你害怕输对不对？"

"你的激将法对我起不了作用。"傅司铭笑着揶揄她。

纪依辰拧起眉头，一脸质疑的表情："你该不会是真的怕输吧？IQ200的天才傅司铭如果输了传出去确实不太好听，尤其还是输给我这种不学无术的人，其实我也理解的啦……"

看她越说越有劲，越说越像那么回事的样子，傅司铭甚为无奈，话都被她说到这个分上了，如果他再不配合她还得了？

所以，即使知道这是她下的套，他也只好无奈地答应："好吧，那咱们就开始吧。"

纪依辰整个人立刻兴奋了起来，她赶紧将傅司铭的身体扳过来，两人面对面而坐，她做了一个深呼吸，然后郑重其事地倒数："3——2——1！"

两人眼睛一眨不眨地盯着对方，都迅速进入了入定状态，只剩下不远处的海浪乐此不疲地拍打着沙滩的声音，海风像个调皮的孩子在他们周身肆无忌惮地缭绕。

所有的外在因素对他们没有产生任何影响，他们的眼中只有对方，更确切地说，只有对方的眼睛。

纪依辰只觉得自己的眼睛越来越酸，想眨一眨眼睛缓解下疲惫的冲动实在太强烈了，强烈到她快要控制不住自己。

但她心里不甘，她才不要在第一回合就输，她一定要赢，一定要赢！

在她内心不断呐喊的时候，她突然做出了一个非常无赖的举动，她噘起嘴来，对着他的眼睛轻轻一吹。

原本淡定地坐在她对面正泰然自若的傅司铭，一时间猝不及防，眼睛不由自主地就眨动了一下。

纪依辰立刻哈哈大笑起来："你输了！输了！"

傅司铭无语地瞪着她："纪依辰，你要赖！"

纪依辰微微地歪着头，俏皮地眨眨眼睛："游戏规则并没有说明不能耍赖呀！"

"行，既然如此，我也不打算把我的秘密告诉你。"傅司铭轻轻松松地还击她。

　　"你……你不能这样！"纪依辰整张小脸都皱了起来，急得一双眼睛都要红了，"你怎么可以这样……"

　　"我为什么不能这样？"傅司铭感觉好笑地看着她。

　　"因为我是女孩啊，世上唯女子与小人难养也，女孩子无赖点儿很正常啊，你是男人，你不可以这样啦！"纪依辰勉强地找着理由。

　　"我又没有说过我要当君子。"傅司铭饶有兴致地逗弄着她，"既然不是君子，那我也无所谓了。"

　　"你——"纪依辰顿时哑口无言，一双眼睛委屈地瞪着他，眼看就要泫然欲泣。

　　"好了。"傅司铭抬手揉了揉她的头发，目光中流露出一丝宠溺，"虽然你这次耍赖了，不过我还是可以告诉你一个秘密。"

　　"快说快说！"

　　纪依辰的一双眼睛立刻亮了，犹如此刻天上的星星般璀璨，刚刚的那份委屈瞬间抛到九霄云外。

　　傅司铭摸着鼻子想了想，然后微微一笑："我以前考试得过零分。"

　　"你居然考过零分？"纪依辰难以置信地看着他，"我有没有听错？这怎么可能？"

　　"怎么不可能？"傅司铭微笑着问道。

　　"那你为什么会考零分啊？"纪依辰一脸好奇。

　　"我只告诉你一个秘密，并没有说要告诉你两个。"傅司铭坐直了身子，一副无可奉告的姿态。

纪依辰有些失望，但很快她又振奋了起来："不说算了，我们继续比赛，等我赢了你，你就得乖乖告诉我了！"

傅司铭笑而不语。

两人继续比赛，纪依辰十分紧张跟认真，全身的神经好像都紧绷了起来，连呼吸都变得小心翼翼，傅司铭则比她淡定多了，他整个人看上去轻松又惬意，眼睛却一动不动。

但是，最后输的却仍然是他。

因为他发现有只虫子落到了纪依辰的肩膀上，他下意识地伸手将虫子挥开，眼睛同时也忍不住眨了一下。

纪依辰开始有点儿懵，最后发现他是因为自己而输了时，心里难免有点感动："这局不算，咱们再来。"

傅司铭不以为意地笑了笑："输了就是输了，我再告诉你一个秘密就是。"

纪依辰有些犹豫："可是……"

"怎么，你不想知道吗？不想知道那就算了，我不说了。"

看傅司铭打退堂鼓，纪依辰立刻急了，她赶紧拉着他的手，讨好地笑道："我当然想知道，你快告诉我嘛！"

傅司铭微微一笑："那次之所以考零分，是因为我爸妈离婚了，那晚，我偷偷躲着哭了一晚。"

虽然他的语气听起来轻松自然，纪依辰的心却不由得抽紧了一下。

她下意识地握紧傅司铭的手，看着他的眼神里充满了心疼与眷恋："那时候，你一定很难过。"

傅司铭垂下视线，声音依旧淡淡的："都过去了。"

纪依辰关切地凝视着他："你现在还难过吗？"

傅司铭沉吟了片刻，暗暗吸了口气方才说："偶尔吧，一个人的时候。"

"不要难过。"纪依辰心疼地看着他，伸长了脖子在他的脸上轻轻吻了一下，"以后我会一直陪在你的身边，不会让你感觉孤单的。"

傅司铭认真凝视着她，心里涌现出一阵异样的温暖。

纪依辰顺势依靠在他的怀里，柔声说："我也告诉你一个秘密，其实，我从小就是被我亲生父母遗弃的。"

闻言，傅司铭的身体微微一僵。

"不过我是幸运的，被他们抛弃之后，我被现在的爸爸妈妈领养了，他们可疼我了，比疼他们的亲生儿子还要疼。而且，我哥也非常宠我，所以我被遗弃的这点儿小伤感根本就不算什么。"她依偎在傅司铭的怀里，仰头望着头顶上的星空，静静地述说，"不过他们收养我的时候，我还很小，他们以为我什么都不知道，但小时候，我在爸爸妈妈的一次谈话中无意间得知了。"

海风轻轻吹过，傅司铭下意识地搂紧怀里的人。

"虽然我一直没心没肺地活到了现在，不过有时候还是会想，我的亲生父母究竟长什么样呢？我长得这么可爱，他们为什么要抛弃我呢……"

头顶传来傅司铭温柔中又带着些许关切的声音："依辰……"

她抬起头来，冲他绽开一抹灿烂的笑容："不要可怜我哦，一丁点儿都不行，因为我纪依辰是全天下最幸福的人了，我有爱我的爸爸妈妈还有哥哥，最重要的是，现在我的身边还有我最爱的傅司铭！"

傅司铭的唇边染上一抹如沐春风的笑意，纪依辰愣愣地看着他，忘记了反应。

傅司铭淡淡地说："好吧，这次不需要比赛，更不需要你耍赖，我可以破例告诉你我的第三个秘密。"

纪依辰眼睛发亮，笑得像盛开的花朵："什么秘密？"

傅司铭静静微笑："第三个秘密就是——我喜欢你。"

话音落下的瞬间，他不等她有所反应便低下头去，抵住她的唇瓣，他原本只是想轻轻吻她一下，可是，他情不自禁地就有些着迷了。

她诧异睁大的眼睛里仿佛有星光闪耀，清新的气息在他的鼻尖漫延开，在他的世界里到处乱窜，挑拨着他的每一根神经，还有她的唇，简直柔软得不可思议……

他屏住呼吸，深深地吻了下去。

纪依辰从惊讶到茫然再到完全沦陷，她的脑海里一片空白，双手却不由自主地伸出来紧紧缠住他的脖子，让他们的这个吻更加缠绵。

他辗转地吻着她，吸吮着她的甜美，似乎他吻得越灼热滚烫，她便越清甜柔软。

两人胸口的心脏疯狂乱跳，血液里的温度极速飙升，只有更加拥紧彼此缠吻对方，让两人的距离越来越亲近……

仿佛只有这样，才能控制住血液里的疯狂。

他们忘记呼吸，忘记思考，仿佛整个世界里只剩下彼此。

THE
LOVE
第七章
是不是为了他，
你真的连哥哥还有爸妈都不要了

07

时间回到三小时前。

在纪依辰的房间里对母亲说完藏在心里已久的心事后，不等母亲做出任何反应，纪轩毅就转身回到了自己的房间里。

他拿出手机来拨打了纪依辰的电话，出乎他意料之外，她的电话竟然打不通，他的脸色不由得阴郁了几分。

犹豫了几秒后，他又迅速拨了金媛媛的号码，铃声响了许久，那边才迟迟接听了。

手机一通，不等金媛媛开腔，纪轩毅便主动说道："媛媛，我是纪轩毅。"

手机里面金媛媛的声音似乎有点儿紧张："是，我知道，轩毅哥，你……你有什么事吗？"

纪轩毅开门见山地说："我打依辰的手机打不通，我找她有点儿事，方便让她接个电话吗？"

金媛媛的声音明显有些心虚："那……那个……依辰她现在不太方便的样子。"

"怎么不方便？"纪轩毅不客气地追问。

"她……在上厕所。"

"那我等她上完厕所出来再接也没事。"

"那个，轩毅哥，你不要这样啦，其实依辰她出去了，她现在不在我身边，她出去买东西去了……"

金媛媛的话破绽百出，纪轩毅的俊眉越皱越紧，忍不住提高声音厉声质问道："金媛媛，你到底想瞒我到什么时候？告诉我，依辰到底去哪儿了？"

"轩毅哥你不要急，我马上告诉你就是。"金媛媛心虚又畏惧地说道，"其实依辰她今天没有跟我一起去看画展，她是跟……跟傅司铭出去玩了，今天晚上大概都不会回来。"

"什么？"纪轩毅握紧手机，手背上的青筋根根清晰地暴露出来，无法控制的愤怒在他眼中化成了两簇灭不掉的火焰，他咬着牙，一字一字地问："他们去哪儿了？"

"海边……"到了这个分上，金媛媛只得如实相告。

挂断电话，纪轩毅迅速走出房门，拿到父亲的车钥匙，从车库里把车倒出来，马不停蹄地驱车朝海边驶去。

篝火里的柴火燃烧得差不多了，傅司铭又往火堆里添了一些木柴，让篝火能够整晚持续不灭，既能照亮他们，又可以温暖这个夜晚。

　　纪依辰偷偷看着他的侧脸，想到等下他们两人一起睡在帐篷里的情景，心跳不由得越来越快，脸颊也越来越烫。

　　不料这时傅司铭刚好也转头看着她，两人的视线在空中交会，纪依辰冲他绽开一抹甜甜的笑，眼睛里都是暖暖的星光。

　　傅司铭扬起嘴角，缓缓露出一抹温柔的笑意，轻声对她说："时间不早了，准备休息吧。"

　　"啊？"纪依辰原本跳得极快的心跳又加快了速度，她垂着头，乖巧地点点头，"好。"

　　傅司铭起身越过她来到帐篷前，将拉链拉开后，再转头对她说："进来吧，里面我都已经铺好了。"

　　纪依辰有些紧张地站起身来，攥紧双手慢慢地向帐篷的方向走去，傅司铭体贴地帮她挑开帐篷门，纪依辰走到门口的时候，看着近在咫尺的傅司铭，只觉得自己的心脏都要跳出来了。

　　傅司铭温柔地冲她笑了笑："快进去吧。"

　　纪依辰的脸烫得更加厉害了，她下意识地垂下头，微微弯身进入了帐篷内，帐篷虽然不算小，但如果要承受两个人的体积，还是显得有些拥挤。

　　想到傅司铭等下就要跟她一起躺在里面，挨着彼此传递体温，她可以听见他的呼吸声，可以闻见他身上淡淡的青草味道……

　　纪依辰努力平复内心的兴奋激动，转身看着依旧站在帐篷门口的傅司铭，却见他开始往下拉拉链，她赶紧伸手制止他，不解地问道："你这是做什么？"

"拉上拉链，你睡觉时才不会被风吹到呀，怎么了，有问题吗？"傅司铭的俊脸上有点儿疑惑。

"那你呢？"纪依辰定定地注视着他。

"我在外面睡就好了，顺便看着火堆，你先睡吧。"

听到他这么说，纪依辰先是愣了一下，然后问道："可是外面风那么大，你怎么能睡得好？会感冒的！"

傅司铭冲她淡淡地一笑："我的身体没你想的那么差，没事的，不用担心我，你早点休息吧，晚安。"说着，他便继续将拉链拉上了，纪依辰一个人在帐篷里怔了半天，所有美好的幻想瞬间如泡沫般碎裂。

她突然有种想哭的冲动。

可恶的傅司铭，怎么可以留她一个人在帐篷里呢？她还有好多好多的话想躺在他的身边轻声对他诉说呢，她还想试试枕在他肩膀上睡觉的感觉呢……

这家伙实在是太不解风情了！

她颓然地躺了下来，睁着眼睛一点儿睡意都没有，脑海里满满都是沮丧和失落，可是偏偏她又无可奈何。

时间悄然流逝，过去了大半个小时，她依然辗转反侧怎么都睡不着，最后，她干脆坐了起来，做了一个深呼吸，鼓起勇气小心翼翼地朝外面说道："司铭，我好害怕……"

然而帐篷外只有夜风跟海浪交织的声音不绝于耳，却迟迟没有得到期待中的回应。

她忍不住偷偷拉开拉链，向外探头望去，只见此刻傅司铭正抱膝坐在篝火旁，头埋在膝盖上，似乎已经睡着了。

这一幕显得如此美好又静谧。

她蹑手蹑脚地走出帐篷，来到他身后轻轻地唤了一声："司铭？"

傅司铭依然保持原来的姿势一动不动。

纪依辰于是就在他的身侧坐了下来，双手从后搂紧他的腰，然后将头轻轻抵在他的背上，满足地闭上了双眼。

她并没有发现，当她抱住他的一瞬间，傅司铭抱着膝盖的手动了一下，又继续保持这个仿佛睡熟了般的姿态。

此时，一辆跑车从远处疾速行驶而来，而后缓缓停在了她的车旁边。

紧接着，纪轩毅从车上跳下来，当他看到不远处那两个亲密的身影时，只觉得仿佛有千万根毒针刺入他的双眼，强烈的痛楚顷刻间传至心底。

如果不是亲眼所见，他做梦都不敢相信，他那个最单纯乖巧的妹妹，居然会瞒着他，做出这样大胆的事情来。

带着强烈的愤怒与痛楚，他厉声大喊道："纪依辰！"

枕在傅司铭背上休息的纪依辰闻声一惊，立刻抬起头往声音的来源处望去，借着车灯，她看见了那个熟悉的身影。

并没有睡熟的傅司铭也立即从膝盖上抬起头来朝那边望去。

纪依辰惊愕地看着哥哥，机械地呢喃道："哥……"

纪轩毅怒气冲冲地大步冲过来，还未走到他们面前，纪依辰已经明显察觉到他身上那股暴风雨般的怒气。

傅司铭微微皱眉，俊脸上的表情沉静而凝重。

纪轩毅一脸愤怒地冲过来，挥起拳头狠狠地揍了他一拳，傅司铭被迫往后退了两步，但他依然淡定自若，仿佛纪轩毅的所作所为都在他的意料当中。

纪依辰震惊地睁大眼睛，她心疼不已地看了一眼傅司铭，紧接着以保护的姿态挡在他的面前，生气地瞪着纪轩毅："哥，你怎么可以打人？"

纪轩毅看傅司铭的眼神几乎能杀人，咬牙切齿地说："我现在恨不得将他千刀万剐！"

纪依辰怔住了，她从来没有想过，最疼自己的哥哥居然会对自己最喜欢的人说出这样狠的话，哥哥对傅司铭到底有多抵触？

她皱紧了眉头，倔强地盯着纪轩毅："哥，你要打就打我，司铭他又没有错，你凭什么打他？"

纪轩毅无比心痛地看着妹妹，简直难以置信地哑声说："依辰，你还是我以前最疼的那个乖巧可爱的纪依辰吗？你以前从来没撒过谎，可是现在你为了他，几次三番对我和爸妈撒谎，甚至大半夜还跟他在这里过夜！你什么时候变得这么不听话不懂事了？"

纪依辰被他说得十分内疚，她低下头去："哥，对不起，原谅我，我也

不想这样的，可是，我真的很喜欢他呀，所以才想跟他多点相处的机会，哥，你原谅我好不好……"

纪轩毅只觉得自己的心脏仿佛顷刻间被什么东西给生生撕裂了，让他痛得难以自抑，闭上眼睛调整了好一阵，他才慢慢睁开双眼，望向纪依辰时的目光中仍是满满的痛楚："是不是为了他，你真的连哥哥还有爸妈都不要了？"

"我没有……"纪依辰委屈地摇头，眼睛里隐隐含着泪水，"哥，我一直都很爱你还有爸妈，不论以前还是现在或是以后，我对你们的爱是无可替代的，可是，这跟我爱司铭完全不一样啊，这两者之间为什么会有冲突？"

纪轩毅深深地吸了口气，努力平复内心激烈又痛苦的情绪，尽量用平静的口吻说："依辰，你太小太单纯，很多事情你现在还不明白，以后我再慢慢跟你解释，但是现在你必须马上跟我回去，因为爸妈他们已经知道你瞒着他们的事情了，他们非常担心你，如果看不到你，他们肯定担心得不敢睡觉。"

纪依辰自责不已地垂着头，一时间不知道该怎么办才好。

这时，一直在旁边没有开腔的傅司铭站了出来，挡在纪依辰的面前，刚刚被揍的侧脸部位微微红了起来，但他的神色依然波澜不惊。

纪轩毅看着他这副淡定得好像什么事情都没有发生的模样，心里不由得火冒三丈，他扬起拳头准备狠狠地再揍他一拳。

但拳头刚到半空中，傅司铭便眼疾手快地拦住了他的手，两人的力气不相上下，在半空中僵持了半晌互不相让的时候，傅司铭注视着纪轩毅，冷静地说道："依辰说得对，她爱家人跟爱我这两者并不冲突，所以，我承认我们这次的所作所为有过错，但是我跟她之间的爱没有错。"

说完，他用力甩开纪轩毅的手，面对面直视着对方。

纪轩毅的目光冰冷如刀，愤怒犀利的眼神仿佛能致命："不要癞蛤蟆想吃天鹅肉，你跟依辰根本不可能！"

"司铭才不是癞蛤蟆！"站在傅司铭身后的纪依辰不满地嚷了起来，在纪轩毅皱眉怒视下，她小声地说完了后半句，"癞蛤蟆是我才对……"

"纪依辰，你给我闭嘴！"纪轩毅恨铁不成钢地瞪着她。

"那你觉得你妹妹值多少钱才算配得上她呢？"傅司铭不动声色地看着纪轩毅。

纪轩毅蹙紧眉头，双眼危险地微微一眯，努力控制着血液里沸腾爆发的情绪，一字一顿地道："你说什么？"

傅司铭忽而淡淡一笑："你也觉得很难听对不对？那为什么还要拿这些东西去衡量你妹妹的幸福呢？"

纪轩毅冷哼了一声，他逼近傅司铭，咬牙说道："那是因为你的目的很让人怀疑，你敢发誓你跟我们依辰在一起，没有一点儿贪慕纪家钱财的企图？"

"我就是在你面前发誓，你又会相信吗？"傅司铭无奈地笑了，"不管你信不信，我也只能做到问心无愧！"

纪轩毅冷笑道："好一个问心无愧，那你大半夜瞒着我们跟依辰在这里过夜，你觉得这样子也能问心无愧吗？"

傅司铭的眼神有些黯然，沉吟片刻后，他说："我愿意跟你们一起回去给伯父伯母赔罪。"

纪轩毅顿时怔住了。

纪依辰有点儿不敢相信，她绕到他的面前，抬头盯着他小心翼翼地问："你说真的？"

傅司铭脸色凝重地点了点头。

"可是，你并没有做错……"

纪依辰话还未完，傅司铭却温声打断她："依辰，这是我该做的。"

他的语气虽然柔和，但透出一种不容置疑的力度。

从海边返程回纪家的路上，纪依辰坐在纪轩毅的车内一路无言，傅司铭开着纪依辰的车紧随其后。

到达纪家的时候，所有的人都感觉如同过了漫长的一个世纪。

纪依辰下车时，傅司铭也刚停好车，从驾驶座上下来后，两人的视线在不经意间对上了。

纪依辰远远冲他露出一个鼓励的微笑，傅司铭转头望着纪家的大门，夜色掩映中他的神色让人无法捉摸。

纪依辰心里突然有点儿难过，因为自己给他造成了困扰，这是她最不愿意看到的。

可是，此时此刻，她却无能为力。

纪家大厅里灯火通明，纪爸爸跟纪妈妈神色严肃地坐在沙发上，客厅里充满了一种仿若暴风雨来临前的诡异和宁静。

而纪依辰也是第一次带着如此紧张的心态回到这个家里。

在客厅里焦灼地等了一整晚坐立不安的纪妈妈在看到纪依辰安然无恙地出现时，立即从沙发上站了起来，疾步向纪依辰迎去："依辰，妈妈的乖女儿……"

纪妈妈下意识地想去拉她的手，然而纪依辰却突然在纪妈妈的面前跪了下来，这一举动让纪妈妈怔愕不已。

片刻后，她回过神立即伸手去拉纪依辰："依辰，你这是做什么呀？"

纪依辰却轻轻挡开她的手，固执地跪在地上，娇俏的脸蛋上满是内疚，眼神却透着一股倔强："爸爸妈妈，这一次是我不对，我不该撒谎骗你们。"

坐在沙发上的纪爸爸脸色微沉，声音不怒自威："依辰，为了一个男人你就跑过来给我们跪下，你就这点儿出息？"

纪依辰羞愧得几乎无地自容，她将头垂得低低的，鼓起勇气说："对不起，都是我的错……"

旁边的纪妈妈看着十分心疼，蹙着眉头想要扶起她："依辰，你再怎么样也不用跪着呀……"

纪依辰却依然没有要起来的意思,直到傅司铭走到她的身后,轻轻握住她纤瘦的肩膀,唤了她一声:"依辰。"

她抬头愣愣地看着他,眼神有点儿无助。

傅司铭温柔地凝视着她:"起来吧,一切都交给我。"说话的同时,他的手臂稍稍用力将她扶了起来。

纪依辰目不转睛地看着他,眼神中带着几分担忧跟心疼,但心底深处,却对他有一种莫名的信任。

傅司铭不紧不慢地走到纪爸爸面前,然后朝纪爸爸跟纪妈妈微微鞠了一躬,不卑不亢地说道:"伯父伯母,你们好,我是傅司铭,英启学院研二的学生,这么晚打扰二位长辈,实在抱歉。"

纪爸爸冷冷地哼了一声,哪怕此刻傅司铭的态度再谦卑有礼,他的态度也实在好不起来。

对于纪爸爸的态度,傅司铭并没有表现得尴尬的样子,他态度依然认真而诚恳地说:"今天晚上的事情,是我没有考虑周到,让伯父伯母担心了,我郑重向二位道歉,保证下不为例。"

"还有下次?"纪爸爸仿佛听到一个极为讽刺的笑话,"你想多了,你跟我女儿从今天起必须断了联系。"

神色冷静的傅司铭微微一怔,他还没说话,纪依辰已经一脸不满地注视着纪爸爸,抗议道:"爸,不可以!我绝对不会跟他分手的!"

一直隐忍着情绪的纪爸爸终于怒意勃发:"依辰,你什么时候变得这么不听话了？"

"不是我不听话，是我长大了，我有了自己喜欢的人，这有错吗？"纪依辰理直气壮地说，"从小到大，你们不也教我，对于自己喜欢的东西要勇于追求吗？"

纪爸爸气得脸色铁青："那也要看你喜欢的东西，值不值得你追求！"

一旁的纪妈妈看丈夫情绪越发激动，急忙走到两父女之间周旋，安抚道："有话好好说，一家人不要这样子……"

纪爸爸哼了一声，转头不理任何人。

纪依辰心有不甘，仰着下巴，为傅司铭辩驳道："怎么不值得了？傅司铭他IQ200，是我们学校里数一数二的优等生，各方面都非常优秀……"

傅司铭轻轻地咳了一声，打断了她的夸赞，然后非常认真跟严肃地说道："伯父，我跟依辰相互喜欢，如果您对我的人品有所怀疑，那我相信以您的实力绝对有办法可以查到我平时的为人如何，如果您觉得我是有目的接近依辰的，那您也可以给我拟定一份合约，表明纪家的财产跟我一点儿关系都没有，您看如何？"

这一番话，几乎让傅司铭放弃了他一向最为珍视的尊严，可是，他也清楚地知道，纪依辰为了他也牺牲了很多，她那样坚持那么努力，那他也只能尽最大的努力，不让她失望。

努力想把氛围调解好的纪妈妈立刻笑道："这个主意似乎也不错……"

纪依辰眼睛一亮。

151

　　纪爸爸跟纪轩毅几乎同时皱起眉头，纪轩毅来到傅司铭的面前，目光犀利冷峻，语速极快却又有条不紊："你是自己装傻还是把我们当傻子？你们两个从小生活的环境不一样，接触的人群也不同，你不要钱财可以，可是，依辰呢，你要她因为你而改变她整个人生吗？"

　　纪依辰的眼眶突然红了，忍无可忍地打断他："哥，你不要再说了！"

　　纪轩毅意味深长地看了她一眼："怎么，我难道说错了？"

　　纪依辰下意识地垂下头。

　　没错，就因为他说得一点儿都没错，才让她更加讨厌这样娇生惯养的自己，如果她适应力再强一些，那么她就不至于像此刻这般被动无奈。

　　她咬着唇，低声说道："我可以慢慢改……"

　　纪轩毅皱紧了眉头，无比心痛地看着她，最终还是不忍地转过脸去不再说话。

　　这个从小被他捧在手心里长大的女孩，宁愿去受各种罪，却一点儿都不依恋这个把她几乎疼到了骨子里的哥哥吗？

　　沉默了半晌的傅司铭暗暗吸了口气，敛起眼中的波澜，他的语气比刚刚更加沉静："我知道了，不过，只要依辰愿意，我还是会继续跟她交往下去，而且……是以结婚为前提的那种交往，但……"

　　纪依辰从他的口中听到"结婚"二字，整个人兴奋得心花怒放，然而，傅司铭还未说完，勃然大怒的纪爸爸却随手拿起一旁的茶壶朝他扔了过去。

　　傅司铭没有闪躲，茶壶直接砸到了他的额头上，鲜红的液体从额角溢出，一股血腥味在客厅里隐隐漫延开来。

"老纪！"

"爸爸！"

纪妈妈跟纪依辰异口同声地惊喊出声。

纪爸爸从沙发上愤然站起，怒不可遏地斥道："口出狂言的臭小子，你不要再妄想了，我们纪家的女儿是绝对不可能嫁给你的！"

"司铭，你感觉怎么样？很痛对不对？"

眼眶湿润泛红的纪依辰一时间急得慌了神，不知怎么办才好，情急之下她抬起手就捂住了傅司铭流血不止的伤口，眼泪大颗大颗地涌出来。

纪妈妈皱紧眉头，十分懊恼地责备道："老纪，有话你好好说，干吗动手打人啊！"

向来内敛有涵养的丈夫瞬间变得这样控制不住情绪，真是让她有些措手不及，指责完纪爸爸之后，她赶紧去查看傅司铭的伤口，顺便吩咐一旁的用人道："刘婶，快去拿药箱来！"

几乎所有的人都开始有些手忙脚乱起来。

唯有头上被砸了个口子的傅司铭十分冷静淡然，尽管此刻他伤口上的血液不断涌出，顺着脸颊流下，雪白的衬衫上被血液点缀出一朵朵艳丽的红花，看上去触目惊心。

他冷静地注视着愤怒的纪爸爸，黝黑的眼睛太过深沉，让人看不出他内心真正的情绪，他沉吟了一会儿，然后用不带一丝喜怒的声音说道："抱

歉，打扰各位休息了，我想我暂时还是先离开吧。"

眼看傅司铭真的就准备离开的样子，纪依辰急忙拉住他，流着眼泪哽咽道："司铭，你不要走，你的伤怎么办？"

傅司铭抽出被她紧紧抓住的手："没关系，我自己回去包扎下就好。"

纪妈妈也十分担忧地道："哎呀，你都流了这么多的血，还是先在这里止血，包扎好了再走也不迟啊！"

"谢谢，不用麻烦了，我自己可以处理。"傅司铭向纪妈妈微微点头，态度依然温和有礼，"伯母晚安。"

纪妈妈愣愣地看着他的一举一动，心里的愧疚感更强烈了。

其实这个年轻人，也还不错的样子啊……

"依辰，我先走了。"傅司铭稍稍用力地握了握纪依辰的手，然后毅然转身，疾步离开了纪宅。

纪依辰看着傅司铭的身影很快就要消失在视线里，她才恍然回过神来，擦了一把眼泪，毫不犹豫地跟了上去："我跟你一起走！"

纪妈妈眼疾手快赶紧拉住她的手，压低声音道："依辰，你就不要火上浇油了，你这会儿跟出去，事情只会更糟糕。"

纪依辰下意识地挣扎着："可是司铭受了那么重的伤，我怎么能让他一个人走？"

纪轩毅走了过来，心痛到了极点，不禁愤然斥责道："依辰，难道你的眼里真的就只剩下傅司铭了？你难道就看不见爸爸妈妈还有我了吗？"

"哥哥，根本就不是你说的这样！"纪依辰心急如焚，跺跺脚哭诉道，"算了，我以后再跟你们解释，我先去找傅司铭看他的伤口……"

她用力甩脱妈妈的手，慌忙去追傅司铭的身影，但脚步还未迈动，她的手又被另一只熟悉而有力的手扣住，与此同时身后传来纪轩毅的声音，一字一顿带着不容置疑的力度："不准去！"

纪依辰难以置信地回头看着他，眼神痛楚中又带着几分倔强："哥，你怎么会变得这么不讲理？无论如何，我今天一定要……"

话音未落，纪轩毅突然一步逼近，不等她反应，他便强行将她抱了起来。

纪依辰吓了一跳，惊呼道："哥，你这是在做什么？快把我放下来！"

纪轩毅对她的反抗充耳不闻，不管她怎么挣扎，硬是抱着她不肯松手，然后转身对两位长辈说道："爸妈，我先带依辰回房。"

纪妈妈皱紧了眉头，有些心疼地看着此刻不断反抗的纪依辰，张了张嘴，却又不知道说什么才好。

纪依辰单纯，想事情不够周到，性格又这样冲动，如果让她追出去，这事就会闹得更加一发不可收拾，还是先让她一个人回房冷静冷静为好。

沙发前的纪爸爸仍旧一脸严肃，抿紧的唇带着明显的不悦，但也没有开腔，只是挥了挥手任由他去。

纪依辰惊恐地睁大眼睛："哥，你放我下来！你怎么可以限制我的人身自由？"

　　纪轩毅抱着不停地挣扎大喊的纪依辰，挺直背脊毅然决然往楼梯的方向走去，直到回到纪依辰的卧室里，他才将她放下来。

　　纪依辰眼眶通红地瞪着他，脸上布满了委屈与不甘，她咬着下嘴唇，倔强地绕过纪轩毅，向卧室门口走去。

　　纪轩毅再次拦住她，将所有激烈的情绪收敛隐忍下来，声音渐渐恢复了几分以往的温柔："你现在追上去也追不到他了。"

　　纪依辰顿下步子，在内心纠结挣扎了好一番后，她抬起头来，用一种看陌生人的眼光看着他，伤心欲绝地说道："哥，你怎么可以对我这样？我一直以为你是最理解我的人，你一直都那么疼我，为什么这次你不能让我跟着心走？"

　　说到最后，她的声音几乎哽咽，好不容易止住的泪水再次染湿眼眶。

　　纪轩毅怔怔地看着对自己失望不已的妹妹，瞬间体会了心如刀割般的滋味，也第一次感受到有苦难言的痛苦，他颤颤地握紧了双拳，指甲深深掐入掌心，心底无声地淌着血。

　　他要怎么对这个跟他一起生活了十几年却只是名义上的妹妹说，他所有的情绪全都是因为他的害怕与不安呢？

　　他害怕她被别人抢走，他不敢想象她的一切属于了别人，而他不再是跟她最亲密的那个人……

　　她最喜欢在他面前撒娇，最喜欢对他使点儿无伤大雅的小性子，她还最爱半夜吃点儿小甜点，每次他偷偷送甜点给她，她都会像只馋极了的小猫看着他……

这一切，如果再也不会拥有了，只要想一想，一阵巨大的空落感就铺天盖地将他笼罩，几乎让他窒息。

"依辰，原谅我的自私。"纪轩毅视线微垂，仿佛有什么东西卡在喉咙里，张嘴就难受得要命。

纪依辰第一次见到他这么近乎无助的模样，目光湿润的她微微怔住了。

纪轩毅从生下来几乎就拥有了全部别人想要的东西，一路风调雨顺地成长，向来只有别人看他眼色，独独对她这个妹妹宠爱有加，而如今，也是因为她这个妹妹，第一次这样失控。

说到底，他还是因为在乎她，因为爱的绑架，她又能如何？

她用力地吸了一口气，努力压下心中各种复杂的情绪，转过身去背对着他，尽量用最冷静的语气说："哥，我现在不想跟任何人说话，你先出去，让我一个人静静。"

纪轩毅深深地看了她一眼。

纵然心里有万般的不舍与纠结，他最终还是神色黯然地转身离开，然后将房门轻轻拉上。

但他没有立刻离开，脚底下仿佛扎了根似的让他迈不开步伐，他站在门口，愣愣地望着房门。

明明此刻他跟纪依辰只隔着一扇门，为何他觉得他们的距离已经隔得太远太远了，远到再也回不到从前了。

　　房间内瞬间安静了下来，静到仿佛连心碎的声音都能清楚地听到，纪依辰闭上眼睛，努力平复自己的情绪。

　　今天晚上发生的一幕幕汇集在她脑海里，几乎乱成了一团麻，也让她从幸福的天堂上一下坠落到黑不见底的深渊中，看不见光明，近乎让人绝望。

　　有那么一刻，她几乎害怕得想要尖叫，有种想要躲避这一切的冲动，然而，只要想到傅司铭，她的心里就只剩下了不甘与不舍。

　　她咬了咬唇，唇上的疼痛感让她混杂的思绪慢慢清明了一些，她慌忙从包包里拿出手机来，迅速编辑了一条短信给傅司铭发送了过去。

　　"司铭，你的伤口现在怎么样了？包扎了没？今晚真是对不起。"

　　短信发送完之后，她坐在床上屏着呼吸紧张地等待着，时间一秒秒一分分地游走，然而，这一晚都没有收到他的回复。

　　大概……他是真的生气了，而且是非常非常生气。

　　满满的落寞感慢慢将她包围，她突然有种非常想哭却又哭不出来的感觉。

　　傅司铭家境虽然不太好，但是他天资聪明，又非常努力，这样的人注定是清傲而不可亵渎的。

　　可是，因为她的关系，他一次次被这些世俗的言语毫不留情地攻击，他的尊严生生被践踏，这大概比让他死还难受吧。

　　然而，偏偏为了她，他却不得不容忍。

　　纪依辰突然觉得，她爱他爱得好残忍。

可要命的是，即使这样，她还是不想就这么放手，那样好的一个男生，她做不到不去爱他。

但是，他会不会选择放手？

傅司铭回到学校宿舍楼的时候，已经夜深人静了，整栋宿舍楼都出奇的安静，大多数房间的灯都灭了，只有一两盏灯仍在孤寂地撑起一片薄弱的光亮。

进房的时候，他特地放轻了脚下的步伐，不想吵醒舍友，结果舍友李浩还是发现了他，他从被子里探出头来，揉了揉惺忪的睡眼，下意识地问："你这小子怎么大半夜回来了，不是跟你们家的纪依辰公主去海边露营了吗？"

傅司铭没有正面回答，只是一边从柜子里拿出医药箱一边说道："不好意思，把你吵醒了。"

李浩看得模糊不清，不知道他在忙碌什么，本能地拿起眼镜戴上，看他居然把医药箱都拿出来了，微微有些吃惊："你拿医药箱做什么？"

话音刚落，视线就落到他的额头上，李浩的眼睛赫然睁大，大惊道："你怎么受伤了？"

傅司铭轻描淡写地说："没事，一点儿小伤。"

李浩随便拿了件衣服穿上，然后从床上跳下来到傅司铭的面前，看着他那触目惊心的伤口，皱紧了眉头，挽起袖子帮他一起处理伤口。

"不就去海边约个会吗？怎么就弄成这样了？"李浩一边给傅司铭打着下手，一边疑惑地问他。

傅司铭没有吭声，面无表情地处理着自己的伤口。

"该不会你们俩的事情被纪家知道了吧？"李浩好奇地猜测着，联想力也极为丰富，于是自言自语道，"然后纪家人一怒之下，把你伤成这样？"

傅司铭手上的动作一僵，脸色明显有点儿难看了起来。

李浩察觉到他的表情变化，心知自己猜得八九不离十了，觉得有些尴尬，他勉强地笑了笑："这纪家人也是，虽然他们家条件在本市数一数二，但是也用不着这样对你呀，说到底，还是人家女儿自己主动找你的，虽然你们两个的背景不怎么配，但你自身的条件跟她相比绰绰有余呀……"

"李浩，我不想谈论这个话题。"傅司铭强自压抑着内心的情绪，声音却已经冷得没有了一丝温度。

李浩恨不得抽自己的这张嘴一下，真是越说越错，他讪讪地耸耸肩膀："那个，司铭我先去睡了，你也早点儿休息吧！休息得好伤口才愈合得快。"

说完，他就急忙躲回被窝里。

宿舍里一下子又安静了下来，傅司铭将医药箱收好，再洗漱了一下后便上了床，可是，躺在床上他却一点儿睡意都没有，脑海里全是在纪家发生的一幕一幕。

那些声音那些画面都好像是带了刺，狠狠地扎在他的心上，那些尖锐的刺痛感仿佛病毒瞬间在他身体里漫延，让他难受得快要发疯。

他忽而从床上坐起，深深地吸了口气，努力控制着内心激烈起伏的情绪，掀开被子从床上起来，随手拿起柜子上的一包烟，然后开门走出宿舍，来到阳台上。

眼前的世界一片黑暗，往日熟悉的环境一点儿都看不清，他倚在栏杆上，从烟盒里抽出一根烟，动作不太熟练却又相当好看地点燃了烟。

心里压抑了太多太多的负面情绪，让向来理智的他竟然不知如何排解，抽烟是他不喜欢的方式，可是此刻他却别无他法。

抽了一口，浓烈呛鼻的烟味让他皱了皱眉，将口里的烟雾吐出，淡淡的烟雾在眼前很快就飘散不见，他没有再继续抽，只是将烟夹到手指上，望着眼前的黑夜逐渐出神。

纪家人的声音犹在耳旁……

"你是自己装傻还是把我们当傻子？你们俩从小生活的环境不一样，接触的人群也不同，你不要钱财可以，可是，依辰呢，你要她因为你而改变她整个人生吗？"

"口出狂言的臭小子，你不要再妄想了，我们纪家的女儿是绝对不可能嫁给你的！"

……

傅司铭想得出了神，直到手中的烟一直燃到了烟头部位，烫到了他修长的手指。

　　他低下头去看了一眼，不急不慢地扔掉了烟头，动作淡定到仿佛没有任何痛感，事实上，他心里确实也是那么想的。

　　这点儿痛，算什么呢？

THE
LOVE
第八章
不管这个世界对我们有多残忍，
我们都不要分开好不好

C H A P T E R

08

翌日，天空仿佛铺了一层灰，导致整个世界都有些黯然无光，深厚的云层正在聚拢，暗示着一场大雨即将倾盆而下。

或许因为天气的关系，咖啡馆里的客人不多，傅司铭没什么事，站在玻璃墙边静静地望着窗外的天色。

只是随意的一个站姿，一个出神的表情，一双深邃而略带伤感的眼睛，便形成了一幅美到勾魂摄魄的图画。

甚至连他额头上的那个小伤口都成了点缀品，更加增添了几分神秘与忧伤。

咖啡馆里的女生纷纷拿出手机来，对着毫无察觉的傅司铭不停地拍了起来，无论哪个角度，都完美得没有一丝瑕疵，让她们惊艳不已。

但或者他此刻的气息太过疏离淡漠，让所有女生望而却步，只敢远远拍照欣赏，发到朋友圈里跟好友们分享，却无人敢上前搭讪。

没过多久，一个戴着墨镜，打扮十分端庄典雅的中年贵妇进入了众人的视野。

女生们好奇地打量着她，私下议论起来：

"这位妇人的气质真好，不知道是哪家的富太太？"

"限量款包包，全球的数量加起来都不到十个！有钱人！"

"她的鞋子好漂亮，难怪她的气质那么好……"

"这个贵妇有点儿眼熟啊？我好像在杂志上看过，好像是咱们市里纪家的太太吧？"

……

纪妈妈的到来让傅司铭有些惊讶，但还不算太意外，毕竟他跟纪依辰的事情闹成这样，纪家肯定不会就此罢手的。

他找了间包间跟纪妈妈一起坐下，在纪妈妈没有开腔之前，他保持不卑不亢的姿态等待着。

纪妈妈优雅地端起咖啡，浅浅尝了一口，少顷，她放下咖啡杯，微笑道："你们这里的咖啡味道还挺不错的。"

"谢谢夸奖。"傅司铭暗暗地吸了一口气，压下内心不自觉涌起的紧张，纪妈妈显然已经做好了准备，要跟他摊牌。

果然，纪妈妈很快就开门见山地说明了来意："我想你也清楚这次我来找你，是因为你跟依辰的事情。"

傅司铭点头，沉默着没有说话，等她接着往下说。

纪妈妈低头从包包里拿起一张支票来，放到桌上，慢慢移到他的面前："我事先声明，我这样做并没有践踏或者任何伤害你的意思，我只是想给你一点儿补偿。"

傅司铭瞟了一眼桌上的那张支票，心头一紧，脸色也一点点冷了下来，长长的睫毛微垂，将眼中的情绪悄然掩藏，他抿着嘴，依然没有说话。

纪妈妈叹了一口气，继续往下说："你跟依辰的事情，我如今也了解得差不多了，依辰虽然从小在比较富裕的环境中成长，但她也只是个单纯的小姑娘，相信以你的长相，无论哪个小女生都会被你吸引，依辰也不例外。可是，吸引力这东西太不靠谱了，再好看的东西看久了也会厌，再深的感情也经不起现实的打磨，所以，趁现在还早，你可以拿着这笔钱去创造一个光明的未来，也还依辰一个美好的未来。"

听完纪妈妈的一番话，傅司铭脸上的血色一点点褪尽，身上的气息越发冰冷，他暗暗攥紧双拳，努力控制着自己的情绪，强自镇定冷静地说道："伯母，我说过，我不会要纪家的一分钱。"

纪妈妈的脸上闪过一抹窘迫之色，她皱了皱眉，然后勉强露出一抹笑容："可是你们两个人的世界观完全不一样，你在这里打工一个月才两三千块钱，以后她嫁给你，你怎么养活她？她不会洗衣做饭，更不会勤俭持家，你别怪我说话难听，但这就是现实。"

傅司铭沉吟了片刻。

纪妈妈说的这些话，其实他一开始就想过，有时候感情总是抢先理智一步做出决定，所以他一直任由自己，纵容纪依辰的同时，也在纵容着他自己，幸福的滋味妙不可言，却短暂得犹如昙花一现。

很快，他们就不得不面临现实这个问题。

但对于这个问题，他必然也是慎重考虑过的，虽然他从来不屑于高攀，但他也不想辜负纪依辰对他的这份爱，所以他必须加倍努力。

然而，他们似乎连这个机会都不肯给他。

情绪分外复杂的他突然扯动唇角苦笑了一下，眼神中几乎带着呼之欲出的绝望："支票，我是绝对不会要的，您拿回去吧。"说话的同时，他将支票慢慢移回到纪妈妈的面前。

就算是他跟纪依辰不能在一起，那他也至少要保留着这份感情的美好，他绝对不能去破坏，更不能背叛纪依辰，所以这笔钱他无论如何都不能收。

纪妈妈一脸惊诧地盯着他，完全没想到面对这笔庞大的数字，他居然都无动于衷。

难道，他对纪依辰的爱真的有那么深？或者说，这笔钱远远达不到他真正的野心？

每一个可能性都让她觉得不安。

傅司铭从椅子上不紧不慢地站了起来，向纪妈妈深深地鞠了一躬，然后淡声说："伯母，你慢慢喝咖啡，我还有工作先去忙了，失陪。"

他继续工作着，在咖啡馆里来去穿梭，偶尔会朝纪妈妈所坐的包间里看一眼，纪妈妈在包间里坐了好一会儿，直到整杯咖啡喝完她才起身。

傅司铭以为她会离开，却见她直接朝经理的办公室走去，一种不好的预感顿时从心里涌了上来。

果然，纪妈妈从经理办公室出来后不久，经理便将傅司铭喊了过去。

虽然经理一脸的无奈跟不舍，但最终他还是对傅司铭说出了口："你被辞退了。"

……

傅司铭领了工资，换下工作服后便离开了工作了一年多的咖啡馆，心情无比纠结复杂，自然还有深深的不甘。

为什么他的命运人家动动手指头就能改变？

这样无能为力的境地真是让他厌恶极了。

他抬起头来，望着灰暗的天空，眉头微蹙，眼神中流露出一抹沮丧。这份还未绽放的爱情，眼看就要提前枯萎了，算是给了他一个教训吧。

只是这个教训，未免有点儿太痛太让人难受了。

他深深地吸了口气，敛起所有负面情绪，面无表情地往宿舍的方向走去。

快要走到宿舍门口的时候，他远远就看见一个熟悉娇小的身影正站在门前，时不时四处张望，像是在等待着什么人一样。

他顿下脚步，心脏狠狠地抽紧，突然没有勇气再往前走一步，甚至，他都有种赶紧躲开的冲动。

就在他犹疑的瞬间，那个熟悉的身影已经发现了他，立即毫不迟疑朝他飞奔而来。

他看着她飞扑过来的身影，脚底仿佛被强力脱水给粘住了，一时间动弹不得。

纪依辰气喘吁吁地跑到他面前，惊喜完全掩盖了她原先一脸的疲惫，激动不已地说："傅司铭，我以为再也见不到你了！"

说话的同时，她已经情不自禁地伸出双手紧紧抱住他，将头埋在他的胸口，当他的温度与味道将她整个感观都占满了时，她似乎才有了一点儿真实感，却还是非常害怕："司铭，答应我，不管什么时候都不要离开我，不管这个世界对我们有多残忍，我们都不要分开好不好？"

傅司铭颤颤地闭上双眼，努力压制着内心最真实最强烈的情感，他紧紧地握着双拳，指尖掐入掌心直至流血，却始终没勇气伸出手来将怀里的她抱紧。

冰冷的理智一点点突破情感疯狂的包围，他机械性地张开嘴，不带一丝情绪地说道："不好。"

纪依辰的身体一僵，心脏仿佛被一道尖锐的物体狠狠地刺了一下。

她紧紧闭着双眼，装作没有听懂他的话，继续靠在他的怀里，却不敢再吭声。

时间一秒秒往前走着。

傅司铭在经过一番痛苦的内心挣扎后，再次用冰冷的声音说道："纪大小姐，如果你没有明白我的意思，我可以仔细跟你讲一遍。"

纪依辰更加用力地抱紧他的腰，慌忙摇头说道："不听，你不要说，我什么都不要听！"

"对不起，我不能再陪你任性下去了。"

傅司铭终于抬起手来握住她的手臂，将她慢慢推开，尽管她将他抓得死死的，可是男女的力气相差实在太大，在他的强制之下，她不得不眼睁睁地看着他一点点将自己推开。

那种痛苦，就好像生生将身上的肉一点点撕扯下来。

纪依辰的脸色一点点变得苍白，她垂着视线，突然间不敢再看他的脸，但是她可以想象此刻他脸上的决绝。

紧接着，头顶上传来了傅司铭几乎没有一点温度的声音："我们分手吧。"

纪依辰第一次发现，原来这五个字，是这样的让人心碎。

她几乎毫不犹豫地摇头，然后仰起头来，努力压抑着眼中饱含着的泪水，固执地看着他："不可能，你就是让我去死，我也不可能跟你分手。"

傅司铭深深地看了她一眼，眼底深处隐藏着几分难以察觉的痛楚："你这么好的人生别人八辈子都修不来，你难道就要因为一个男人而放弃？那未免有些太可笑了，纪依辰，你的人生远比你想象中的有价值，所以，没必要在一棵树上吊死。"

他把他和她之间的感情说得这样的淡，好似不值一提，就像用过后的垃圾，轻轻扔掉便好。

纪依辰根本没法接受，越发觉得心如刀割，眼泪终于再也控制不住地决堤而出，她泪眼模糊地看着他，声音哽咽："不管你相不相信，我可以不要那些，但是我真的不想对你就这么放手，我做不到！"

傅司铭的目光有些黯然："那是因为你从小在那样的环境中长大，没有什么是你想要却得不到的，恰恰我是第一个，所以，你才会这样不舍吧。"

纪依辰的脸色苍白到了极点，她用力地摇着头，双手像是抓住最后的一线希望般抓住她的手臂，虽然她的手指仍在微微发颤，但她的声音中透着不容置疑的坚定："不是，我是因为爱你！你是我第一个爱上的人，也是今生最后一个爱上的人！"

"可是……"他的声音平静得有些吓人，"我不爱你了。"

世界一下子安静了下来，有种所有生命都悄然流逝的可怕和静谧感，纪依辰只听到心脏缓慢沉重地跳动着，一种很细微却又清晰的痛楚顺着她的血脉蜿蜒，一直从心脏延伸至她的全身，那样痛不可抑，让她连气都透不过来。

她有点儿茫然地看着他，好像从来没认识过他，又好像刚刚完全没有听清他的声音，她咬着牙从齿缝里挤出几个字眼："你这个骗子！"

傅司铭有点儿不敢再看她，可是五脏六腑还是在生生煎熬着，熬出了血，煎成了灰，难过得恨不得此刻就这样死去。

他下意识地别开头去，抿紧嘴唇没有说话，只是再次抽出自己的双手，然后绕过她，迈步往宿舍的方向走去。

纪依辰像个傻子一样呆呆地站在原地，眼睁睁看着他每一步都走得那么决然，而且步伐越来越快，离她越来越远。

　　她整个人彻底失去了往日的光芒，黯淡得仿佛一个被人遗忘的影子，直到他的背影在她的眼前彻底消失，她才找到了自己的声音，喃喃自语道："哪怕你是个骗子，我还是很爱很爱你，怎么办，我该怎么办……"

　　天空越发阴沉灰暗了下来，积压了一天蓄势待发的大雨终于倾盆而下，大雨形成密密麻麻的雨箭，射向像个木偶般站着一动不动的纪依辰身上，瞬间将她浇得湿透。

　　她也不知道自己为什么要傻傻地站在这里，可是，她不敢走，他已经提前走开了，如果她也就这么走了，那么他们之间就真的越来越远了。

　　那种再也走不到一起的距离，让她害怕，让她不敢去想象。

　　可是，她就这样站着，傅司铭就会回头吗？

　　纪依辰，你真是个傻子，明明知道他不会，为什么你还是舍不得走？

　　雨水无情地泼打着她，连眼睛都难以睁开，没有一丝怜悯跟温柔，打在脸上隐隐作痛，可是她却一点儿都不觉得痛，只是觉得冷，从手冷到脚，从皮肤表面一直冷到五脏六腑……

　　宿舍里出奇的安静。

　　紧闭的窗户将外面嘈杂的雨声隔绝了起来，雨水络绎不绝地拍打在窗户上，再顺着玻璃蜿蜒而下。

　　傅司铭坐在书桌前，握着笔一边看资料，一边写着，整个人散发着不可靠近的冰冷气息。

　　李浩站在窗口往楼下瞅了瞅，那个纤瘦的身影在雨中已经站了数小时，他总有种她随时都会昏倒在大雨中的预感，心头莫名地紧张。

这位纪家大小姐，看来还真是对傅司铭用情不浅，虽然迷上傅司铭的女生一大把，但没有几个能像她一样，能在大雨中傻傻地站上数小时。

只是……

李浩微微皱眉，转头望向正坐在书桌前认真学习的傅司铭，心里一阵犹疑，都这个时候了，他还能静下心看书？李浩当真怀疑这家伙的心究竟是什么做的？

不过，李浩多少还是能理解傅司铭的，身份背景差异太大，光有爱情有什么用呢？傅司铭又是这样清傲有尊严感的人，他们注定是走不到一起的吧。

李浩暗暗地叹了一口气。

虽然明知道他们不可能，但心里到底有颇多的不忍与遗憾，于是他小心翼翼地开口道："那个，纪大小姐在楼下站的时间也有点儿久了，如果再站下去，我觉得她的身子骨恐怕承受不住……要不，你就下去看看？"

傅司铭没有开腔，背脊不可察觉地僵硬了一阵，他暗暗握紧手中的笔，书本上那些密密麻麻的字好像变成了千千万万的蚂蚁直钻他的心窝，让他难受得几乎痛不欲生。

过了很久，他才麻木地开口："我跟她已经结束了。"

李浩担忧又无奈地说："就算结束了，这样子扔下她不管也不好吧？如果她再这样淋下去，有个什么三长两短，你这一辈子都难安……"

他的话还未说完，傅司铭便厉声打断："你不要再说了！"

他努力遏制着内心激烈的情绪，但显然越控制就越发失控，手中的笔突然"咯吱"一声，被他生生掐断了，笔上的破裂处尖锐地刺入他的指腹，血迹悄然溢出，他也未曾发现。

李浩注意到这一幕，心里顿时恍然大悟，原来IQ200的天才，在面对感情的时候，也会这样失控。

他似乎也没有表面上那么冷漠嘛。

发现了这个秘密的李浩不由得笑了笑，下意识地转头重新望向窗外，却发现一辆跑车在宿舍楼下停了下来，他拧眉看了一瞬，不无可惜地说道："好了，这下用不着你下去了，已经有人来了。"

闻言，傅司铭微微一怔。

纪轩毅将车停下后，撑了一把伞进入大雨中，狂奔至纪依辰的面前，他几乎像只发怒的狮子，双眼几乎冒火地瞪着大雨中的身影怒吼道："纪依辰，你疯了？你站在这里做什么？"

一直站在大雨中出神的纪依辰听到他的声音后，渐渐有了些反应，被雨水浸湿的睫毛微微颤动，她怔怔地看着突然出现的纪轩毅，冰冷的温度让她的脑神经反应慢了许多，她张了张嘴想说话，牙齿却不停地打战。

她从小在温室中成长，纪轩毅什么时候见她受过这种罪，心脏一下就狠狠地揪疼了起来。

他咬着牙努力隐忍着几乎快爆炸的情绪："跟我上车，回家！"

纪依辰恍惚地摇着头，彻骨的寒意让她觉得舌头有些僵麻："不，我哪儿也不去，除非、除非……"

她冷得话都说不下去了，但神情里依然透出一股坚定不移的倔强。

纪轩毅深深地看着她，眼睛里有抑制不住的伤感："纪依辰，我现在说什么你都听不进去了对不对？"

"哥，你不要管我好不好？"

纪依辰全身都湿透了，声音也哑到让纪轩毅再也听不下去了，他扔下手中的伞将她打横抱起，三两步抱着她来到车门前，不顾她的反抗，强势地将她塞进了车厢内。

"哥，我不走！我要等傅司铭出来！"

纪依辰拉开车门就要下车，纪轩毅弯身钻进车厢内挡住了她的去路，她下意识地转身想从另一张门出去，纪轩毅急忙伸手扣住她的肩膀制止住了她。

他的声音里忍不住透出几分薄怒："纪依辰，难道你眼里现在就只剩下傅司铭，没有别人了吗？你就不能冷静下来，好好跟我说下话？"

他的话多少起了些作用，一心想下车的纪依辰渐渐冷静了下来，但她湿淋淋的脸上没有一丝血色，苍白得好像没有什么生气，眼神茫然而无助。

纪轩毅不忍看她这番狼狈可怜的模样，可是此时此刻他却拿她一点儿办法都没有，他脱下身上的薄针织衫外套，将她湿透了的头发包裹起来，板着

脸给她擦拭头发，但是动作却相当温柔。

纪依辰任他摆弄着自己，原本一双没有精神的眼睛终于有了些光亮，她抬起视线，看着近在咫尺的纪轩毅，他的气息那样温暖而熟悉，她的眼眶突然一热，眼泪就那样毫无征兆地涌了出来："哥，我真的好喜欢好喜欢司铭，你帮我去求求爸妈，让他们不要阻止我跟司铭在一起好不好？"

从小到大，她只要向他撒娇，无论求他什么事情，纪轩毅都觉得心情愉悦，想尽了法子都要满足她。

然而，这次她的乞求却让他难受到说不出话来。

他擦拭的动作越来越慢，眼底的痛楚越发汹涌，他几乎咬着牙说："依辰，我做不到。"

"哥，你不可能做不到的！"纪依辰抓住他的手，仿佛他是她的最后一丝希望，她有些激动地说，"从小到大，没有你解决不了的问题，这次你也一定可以的，哥，求求你！我没有办法了，我真的不知道该怎么了……"

纪轩毅盯紧她，声音冰冷地说道："他对你来说就那么重要吗？你就那么喜欢他吗？"

纪依辰默默地流着眼泪，声音里却透着不容置疑的力量："对，很重要，但不是喜欢，是爱，如果停止爱他，我觉得我活着毫无意义。"

剧烈的痛楚像炸药般在纪轩毅胸口炸开，他的心脏顷刻间支离破碎，他已经找不到那个曾经完整的自己，他擦拭的动作停了下来，将手移到她的脸上，微颤的指腹轻轻擦过她的肌肤，他情不自禁地凑近她，直到他的脸快要与她的脸贴住，他才停住了，声音里透着一种伤感到极致的沙哑："那么，我呢？我对你来说就一点儿都不重要吗？"

这样近的距离让纪依辰几乎不敢呼吸，似乎眼睛轻轻眨一下，睫毛就会划过他的肌肤，这么多年来，纪依辰跟他亲近了无数次，唯有这一次，是让她觉得最陌生最紧张的一次。

她第一次在他的眼睛里看到一种陌生而又复杂的欲望，远远超出了兄妹之间的感情。

虽然他们是没有血缘关系的兄妹，可是，她一直都以为他们之间比亲兄妹还亲，难道，哥哥的想法跟她有所偏差？

她还没理清思绪，就明显感觉到纪轩毅的气息逐渐灼热，她愕然地睁大眼睛，一时间不知如何反应。

纪轩毅调整着自己的姿势，慢慢接近她的唇，那嫣红的、柔软的双唇，带着比世上所有花朵都好闻的香味……

那里对于他来说，仿佛带着无穷的魔力，曾经多少个夜晚，那抹嫣红在他的脑海中挥之不去，害得他无法控制得浑身灼烫，最后不得不用冷水当头浇下才得以恢复正常。

此刻，她就在眼前，只要再往前靠近一点点，他就可以采撷他日思夜想的那抹芬芳，他闭上眼睛，跟着感觉向前……

眼看他的唇就要落下来，睁大眼睛一眨不敢眨的纪依辰本能地别开头去，与他靠近的唇生生错开了。

虽然他没有吻到自己，但纪依辰依然紧张得不知所措。

纪轩毅下意识地睁开眼睛，落空的吻让他的心也空落落的，还有一丝隐隐的痛楚，他怔愣了片刻，理智渐渐回到了脑海里。

他懊悔地握拳。

刚刚自己是在做什么？他怎么会这样失控？虽然纪依辰跟他没有血缘关系，但目前，她还是他名义上的妹妹，他怎么可以对她做出这样的事情来？

他暗暗地吸了口冷气，尴尬地坐直身体，然后颇为不自在地说："我们先回家吧。"

说完他便匆匆转身离开后车厢，跳下车的瞬间，冰冷的雨水当头浇了下来，将他身上那股子控制不住的火热浇灭了……

淋了数个小时的雨，纪依辰最终没能逃过感冒，接下来的几天，她都是躺在床上打着点滴度过的，从小到大，她都不喜欢医院里的味道，所以只要生病了，纪妈妈总是专门把主治医生请到家里来给她看病。

当然这次也不例外，但是这次纪家上下显得比以往都要手忙脚乱许多，因为纪依辰反反复复发烧，折腾得不行，纪妈妈跟纪轩毅轮流守在床边照看她，纪爸爸则因为公事繁多，偶尔会过来看一看她，可皱紧的眉头就没有松开过。

到第三天的时候，她的病情总算稳定了下来，但病去如抽丝，她整个人消瘦了一圈，娇俏的小脸苍白如纸，以往娇嫩的红唇此刻有些发干，整个人黯淡失色，像个没有生命色彩的纸片人。

见她终于退烧了，数日来都没有好好休息的纪妈妈终于松了口气，纪轩毅让她去休息，由他来照顾妹妹即可，纪妈妈也感觉自己快熬不住了，她将熬好的粥交给儿子后，便回房去休息了。

房间里只剩下纪依辰跟纪轩毅两人，纪轩毅轻轻搅拌着手中的粥，轻轻地吹着，感觉温度差不多了，他将粥先放下，然后扶起纪依辰，在她的背后垫起一个枕头，接着才重新端起粥碗，打算喂她："你这几天发烧都没有好好吃点东西，来，先吃点粥养养胃。"

纪依辰看了他一眼，却没有张开嘴，只是伸出双手来接过他手中的碗，一声不吭地垂下眼帘，自己默默吃了起来。

纪轩毅愣愣地看着她。

每次纪依辰生病的时候，都会吵着嚷着让他喂她，要她吃点东西还要答应她各种要求才行，又撒娇又任性实在拿她没办法。

她突然间变得如此温驯乖巧，反倒让他心里有种说不出的酸涩。

那个曾经跟他无话不说就爱赖着他的女孩，已经回不来了，是吗？

吃完粥后，纪依辰将粥碗放到床边的柜子上，擦了擦嘴巴，便放下枕头准备继续睡，没有向他提任何要求。

没有缠着他要吃甜食，也没有向他保证她只会看一会儿电影……

纪轩毅心底无声地叹息了一声，替她掖好被子，问道："现在感觉怎么样？"说着他下意识地伸出手臂去探她额头上的温度。

一直像个木偶般没有任何情绪的纪依辰突然别开头，避开了他的手。

纪轩毅的手僵硬地停留在半空中，心脏好像被什么东西碾压了一下，无声地闷痛。

纪依辰忽视他的尴尬，淡声说："哥，不用担心，我没事了。"

纪轩毅勉强地笑了笑："你一个人在房间里躺了这么多天，肯定很闷，不如我放点音乐给你听？"

纪依辰却拒绝了："不用了，哥，我只想一个人休息一会儿，你先出去吧。"

纪轩毅的目光彻底黯淡了下来，他暗暗吸了口气，努力压下心中的难过，从椅子上慢慢站起来："好，那我先走了，你好好休息。"

转身离开的刹那，他觉得人生第一次如此挫败和难过，连呼吸都是痛的。

THE
LOVE

第九章

如果这次你敢再推开我，
我就再也不原谅你了

CHAPTER

09

待纪轩毅离开后，纪依辰努力撑起无力的身子，然后伸手拿起一旁的手机，按了按才发现手机早就没电关机了。

她从抽屉里找了个充电器将电源接上，等了半晌，手机终于打开，关机三天，除了媛媛给她打了无数个电话之外，还有几个同学以及陌生人的未接来电，独独没有傅司铭的号码。

虽然在她的意料之中，但心里还是有一阵说不出的失落感。

她拿着手机挣扎了半晌，最终还是忍不住拨了一通电话过去，号码是通的，然而手机那边却始终都没有人接听。

纪依辰知道他肯定是故意不接自己电话，心里不由得十分郁闷，她咬了咬唇，又编辑了一条短信发了过去："我生病了，好难受，可是见不到你，我更难受。"

短信发送过去后，她一直忐忑不安地看着手机屏幕，屏着呼吸等着他的回信。

但是，她等了一下午，手机一直未收到他的任何消息。

傅司铭真的就一点儿都不在乎她了吗？

接下来的几天，她陆续给傅司铭发了几条信息，结果均未得到回应，她的心情渐渐跌到谷底，变得沉甸甸的。

而与此同时，对于纪轩毅，她开始有意疏远起来，如果不是那天晚上的那件事情，她大概永远都不会知道，原来哥哥对她的感情不似兄妹之间那样简单……

几天后，她终于病愈，重新回到学校的这天早上，送她出门的纪妈妈犹豫再三，还是忍不住对她说道："依辰，忘了那个男生吧，以后你会遇到一个更适合你的人。"

她默默地垂下眼帘，微微点了点头，然后小声说道："妈，我先上学去了。"

纪依辰正准备转身离开，纪轩毅走了过来，目光温柔地看着她："我送你吧。"

"不用了。"纪依辰慌忙摇头，"我又不是小孩子了，我一个人可以的。"

说完，不给纪轩毅说话的机会，她便匆匆转身离开了。

纪轩毅怔怔地站在原地，直到她的背影在他的视线里消失，他依然没有回过神来，只是神色却变得黯淡了下来，整个人透出一种说不出的忧伤。

纪妈妈似乎看出了纪轩毅的心事，她走到他的旁边，安抚似的轻轻拍了

拍他的肩膀，然后叹息了一声，心事重重地走回了客厅。

　　学校走廊上。

　　看到纪依辰的刹那，金媛媛简直不敢相信自己的眼睛，她围着精神憔悴的纪依辰转了一圈，用惊叹的语气打趣道："依辰，一个星期不见，你是使了什么魔法让自己变得这么瘦了？快给我支支招，我来效仿一下！"

　　纪依辰无奈地看了她一眼，倚着走廊的栏杆站着，看着楼下学生们走来走去的陌生身影，她恍惚了一瞬，然后缓缓说道："如果你也生病一个星期，不瘦才怪。"

　　金媛媛原本想逗她开心一下，结果见她还是一副死气沉沉的模样，不由得暗暗吐了吐舌头："我也听说了你生病的事情，可是这些天有点儿私事在忙，所以就没去看你了，你不要生我的气。不过我有打电话给纪阿姨询问你的病情。"

　　"没事，我看到你给我打的电话了。"

　　纪依辰说着回头朝她笑了笑，但她的眼神明显很空洞，金媛媛看着只觉得难受，这丫头哪里还有半点儿平日走哪儿都光彩照人的纪家大小姐风范？

　　犹豫了片刻后，她压低小声说道："那个，那天你跟傅司铭的事情，我都听说了……"

她在男生宿舍楼下淋着雨，等了傅司铭几个小时的事，几乎传遍了学校，这几天纪依辰没有来学校不知道，但她在学校里可听到了不少的流言蜚语。

"学校里都传成这样了，你哪能不知道？"

纪依辰自嘲地笑了笑。

金媛媛仔细地观察着她的情绪，小心翼翼地问道："依辰，你还好吧？"

"不过就是笑话我死皮赖脸地追求学校里的优等生，结果人家看不上我这种脾气大、娇生惯养的大小姐，所以即使我在大雨中站了那么久，人家还是压根不理我不在乎我的死活吗？"纪依辰很冷静，好像是在叙说别人的故事，"别人爱怎么说就怎么说，我才不想管。"

"其实这事都怪我……"金媛媛懊悔地皱紧眉头，"如果那天，我坚持不告诉你哥你跟傅司铭去了海边，或许不会出现这么多的事情。"

"我哥是什么人呀，他察觉到有什么问题，肯定有的是办法逼你说出来，这根本不能怪你。"纪依辰无声地叹了口气，"我跟傅司铭迟早要面对这一天的。"

"那你接下来准备怎么办？"金媛媛试探性地问道。

纪依辰直视着前方，一丝倔强跟执着慢慢从她的眼底透出，她沉吟了好一阵，才用郑重的口吻说道："我不会放弃的。"

如果这次你敢再推开我，我就再也不原谅你了

金媛媛眼睛一亮，顿时松了口气，伸手揽住她的肩膀鼓励道："这才是我认识的纪依辰嘛！哪能这么轻易就被这点儿小挫折打倒？"

纪依辰不由得笑了，只是笑容中隐隐带着几分苦涩："媛媛，我跟傅司铭的事情没有我想象中得那么简单，你之前的担忧几乎全发生了，我爸妈不同意我跟傅司铭继续发展。"

虽然在意料之中，但金媛媛并不想再打击她，于是安抚地说道："没关系，就算全世界不祝福你们，我也会站在你这边支持你的！我相信精诚所至，金石为开，总有一天，你爸妈会同意你们的，不过现在最重要的，你还是要先搞定傅司铭，如果他铁了心要跟你分手……"

听了她的话，纪依辰不由得黯然神伤，垂着头低声说："我不相信他一点儿都不喜欢我。"

明明那天晚上在海边，他亲口对她说，他喜欢她。

金媛媛看着她，握住她的手说："既然如此，我跟你一起想办法，怎么才能让傅司铭回心转意吧！"

纪依辰抬头看了她一眼，心底莫名多了几分信心，她微微一笑："谢谢你，媛媛。"

"讨厌，姐妹间还说这话！"金媛媛抽出手来拍了拍纪依辰的肩膀，"放学后，我们去外面好好吃一顿，你现在这种风都能吹倒的状态可不行，吃饱了才有精神面对一个又一个的问题呀！"

"好，那今晚由我请客。"纪依辰眨眨眼俏皮地回应，"我答应过的。"

在学校里浑浑噩噩地上了一天的课，纪依辰几乎什么都没听进去，这所学校不算小但也绝对不算多大，可是，她跟傅司铭偏偏一整天都没有遇到过一次。

或许，他是在刻意避开她，她也无从得知。

好不容易挨到最后一节课结束，金媛媛迫不及待就拉着纪依辰飞奔出了学校，两人边走边商量，金媛媛提议道："虽然你请客，不过地点可不可以由我来定？"

"当然可以。"

纪依辰本来就没什么食欲，所以去哪里都没意见。

反正再怎么样，她都做好了被金媛媛狠狠宰一顿的准备了，不过她怎么都没想到，金媛媛会带她来吃大排档。

到了地点后，纪依辰有点儿难以置信，问道："你确定要在这里吃？"

"怎么，觉得这里配不上你纪大小姐的身份？"金媛媛故意调笑道。

纪依辰瞪了她一眼，嗔道："当然不是，我只是觉得你这样会不会太便宜我了？"

　　金媛媛笑眯眯地说："你要是觉得被我宰得不够，下次你再请我吃一顿好了。"

　　"没问题。"

　　纪依辰欣然答应。

　　"好了，下次的事情以后再说，今天我们就要这里痛痛快快地吃一顿。"金媛媛拉着纪依辰随便找了个就近的位置大大咧咧地坐了下来，然后还豪迈地拍拍桌子道，"老板娘，把你们这里的特色菜都给我端上来！"

　　老板娘闻声，立刻愉快地答应了。

　　"这里的小龙虾是出了名的好吃，再高档的酒店也做不出这个味来！"金媛媛凑到纪依辰的耳旁，说着一副马上就要流口水的模样。

　　"你以前来过？"

　　"那是，我最爱吃的就是这种大排档跟路边小吃了，全世界最好吃的东西就在这里。"金媛媛叹了一声，"不过可惜你家管你那么严，尤其你哥哥，是坚决不可能让你来这种地方吃的。"

　　金媛媛接着感慨："所以我知道你肯定没来过这种地方，要吃就要在这种热闹的地方吃，吃着才够味。"

　　纪依辰没有说话，整个大排档里溢满了浓浓的香味，闻着就让人觉得食欲大开，而且这里的人吃饭都相当肆意，席间谈笑声不止，一点惺惺作态的样子都没有，让她也顿时有种想放开了狠狠地大吃一顿的欲望。

老板娘上菜的速度很快，不一会儿菜就上全了，特色小龙虾、爆炒田螺、水煮毛豆、盐水花生以及各种卤味，香喷喷地摆满了一桌。

在口水流下来之前，金媛媛立即拿起筷子吃了起来，很快就塞满了一嘴，跟纪依辰说话的工夫都没有了，一个人沉浸在美食中不能自拔。

纪依辰也吃了几口，觉得味道确实不错，但似乎少了些什么，她在四周扫了一眼，招手喊来了老板娘："给我们来一打啤酒。"

正啃着一个鸭脖子的金媛媛听了这话，差点儿咳到吐出来，她惊诧地看着好友问道："你喝酒？你不是滴酒不能沾吗？"

"那是白酒，啤酒应该还是能喝一点儿的吧。"纪依辰笑了笑，"不管了，我今晚特别想喝，你看大家不都在喝吗？这么多下酒菜，不来点儿酒太没意思了！"

金媛媛愣愣地看着她。

但纪依辰并没有开玩笑，老板娘拿来啤酒，她立刻就给自己满上一杯，还把金媛媛面前的酒杯也倒满了，接着她就拿起自己面前的酒杯举起来："来，我先干为敬了，你随意！"

说完，她便一饮而尽。

金媛媛知道自己没酒量，自然不敢像纪依辰喝得这么凶，她拿起酒杯喝了一小口，强烈的酒精味呛得她眼泪都快流出来了。

纪依辰又给自己倒满了一杯，一声不吭又闷头喝了下去，两杯酒下肚，

她的脸慢慢就泛起了不自然的潮红，胃里实在难受，她不得不吃点东西压一压，胃似乎舒服了点，但她心里却越来越闷："媛媛，你说傅司铭这人讨不讨厌？那天在海边，他明明深情地对我说，喜欢我，还吻了我，可是那天为什么我在宿舍楼下等他那么久，他就是不下来呢？我给他发短信说我病了，他也不回，我说想他，他也不回，反正无论如何，他就是当我不存在一样……他怎么可以这么狠心啊！"

见她连说话都明显不利索了，金媛媛皱了皱眉，附和着道："对，傅司铭最讨厌了！"

纪依辰越说越难过，随手又给自己倒了一杯，金媛媛想制止她："依辰，你少喝点儿，你好像要醉了！"

"我今天就是要醉，来，是朋友的话就跟我不醉不归！"纪依辰一脸固执地举着酒杯，似乎她不跟自己干杯，就绝对不罢休，金媛媛无奈，只好拿起酒杯跟她碰了碰酒杯，然后在她一眨不眨地注视下，慢慢喝干了杯中的酒。

喝完了这杯，两人的脸都火辣辣的发烫起来，被酒精刺激的纪依辰不适地皱紧了小脸，继续难过地诉苦："爸爸妈妈待我如亲生，别提多疼我了，但我的终身大事却不给我做主的机会。我一直都觉得自己挺幸运的，能被他们收养，可是认识了傅司铭之后，我才发现，我们之间最大的阻碍，却也是因为我是被他们收养，骂我不孝也好，不知感恩也罢，我有的时候其实多么希望没被他们收养，这样，我跟傅司铭之间是不是就可以顺利一点儿？当然，或许我也有可能连认识他的机会都没有……"

纪依辰苦笑着摇摇头，又继续断断续续地说，"最让我无法接受的是，那么疼我宠我的哥哥，他居然是最反对我跟傅司铭交往的人，我感觉跟哥哥的距离越来越远了，或许……我也长大了，不能再像小时候那样跟哥哥肆无忌惮地腻在一起了……因为我们都长大了！我好讨厌好讨厌长大！"

金媛媛只觉得头晕口干得不行，便本能地抢过纪依辰手中的酒瓶给自己满上，然后将杯中黄澄澄的"水"喝了个干净，虽然有点儿呛，不过味道好像慢慢适应了，她满足地大吸了一口气，跟着纪依辰说道："对！长大最讨厌了，最讨厌了！"

两个女孩又东拉西扯了一阵之后，一阵熟悉而又单调的声音响了起来，金媛媛愣了一会儿才反应过来，这是她的手机铃声，她连忙拿起手机接通了。

"我是金媛媛，请问是帅哥还是美女？美女的话本姑娘这会儿没空奉陪啦，帅哥的话，我考虑考虑，哈哈……"

"谁？林子泽？好熟悉的名字呀！跟我男朋友名字一样呢！嘻嘻，我在哪儿？"

金媛媛四处望了望，好不容易才想起自己所在的位置："我在'人间美味'呢！这里有最好吃的人间美味，你要不要来？要来赶紧，不然好东西都

被我们吃完了！"

她醉醺醺地一口气说完后便挂了线，接着，她又和纪依辰大吃起来。

金媛媛的男朋友林子泽在半小时后赶过来了，此时两个女孩早已经喝得烂醉如泥，金媛媛完全醉昏了过去，纪依辰勉强撑着最后一丝清醒的意识，看着林子泽傻笑。

林子泽替她们买单的时候，纪依辰突然固执了起来，硬是要自己买单才肯罢休，林子泽拗不过她，就只好由她付钱去了。

林子泽没有开车，拦了一辆出租车，将醉得不省人事的金媛媛扶上车后，他担忧地看着纪依辰："要不，我们先送你回家？"

纪依辰从大排档里出来后经过夜风一吹，整个人的思绪又清醒了一些，她笑着摇头拒绝了，然后伸手便拦了一辆出租车："我自己可以的，不用管我啦！"

林子泽还是有些不放心："你一个女孩子多不安全……"

"没事的啦！"纪依辰踉踉跄跄地上了出租车，然后从窗口伸出一张因酒精而涨红的小脸来，笑嘻嘻地说，"你要是实在不放心，可以把车牌号帮我记下，好啦，我先走了，拜拜！"

她报了一个地名之后，出租车很快就扬长而去，林子泽把出租车的车牌号记下之后，就赶紧回到了自己拦的那辆出租车上。

纪依辰靠着出租车的窗口，微凉的夜风迎面吹来，将她体内的酒精多多少少吹散了一些，车窗外霓虹闪烁，夜色绚烂，然而她脸上的笑容却一点点地消失了。

她扭头对司机说："师傅，我不回家了，你调头吧，我要去这个城市最高的地方。"

这个城市最高的地方是东山山顶，在这个城市里人尽皆知，作为出租车司机更是一说便反应过来了，只是他颇为犹疑："小姑娘，这大半夜的你怎么往那里跑呢？前几天那山上还出了人命案呢，听说劫财又劫色的，一个女孩子多不安全呀，刚才你朋友还担心你来着呢，别到时候说我把你拐骗了。"

这番话，他自然是半开玩笑半认真地提醒着她。

纪依辰却意志坚决地说道："不会有事的，我有朋友在那里等着我，你把我送过去就是了。"

出租车司机见她态度如此执拗，也不便再说啥，调了个头，便往东山开去。

东山山顶虽说白天人气挺旺，但在这个夜深人静的时候，几乎连个人影都看不到，到处都是漆黑的，只能借着一点儿月光勉强能分辨出四周的景物。

出租车司机在纪依辰付完钱准备离开之前，还十分犹豫地看着她，好心地劝说道："小姑娘，你不是说你朋友在这里的吗？这里分明没人呀，要不

我还是送你下去得了，这大晚上的，你一个小姑娘家的太危险，大不了我送你下去不收你钱就是。"

纪依辰冲他笑了笑："没事的，我朋友等会儿就来了，你先下山去吧，谢谢。"

出租车司机见劝不动她，也实在无可奈何，只好叹着气驾车离开了。

深夜的山顶除了不知从哪个方向吹来的风声之外，什么声音都听不到，纪依辰不由得起了一层鸡皮疙瘩。

她从小就胆小怕黑得很，这会儿她不是不害怕，可是，她就是想任性一次。

深吸了一口气后，她拿出手机来，翻找出手机里的一个手机号码，看着上面备注的那个名字，她内心的害怕与不安好像被什么东西稍稍压制住了。

她拨通了傅司铭的号码，只是这次结果如她所料，他依然没有接听，她没有再继续拨打，而是编辑了一条短信发送了过去：我在这个城市最高的地方等你，不见不散。

她在赌。

虽然他一直没有接听她的电话，但是他至少没有关机，没有对她设置黑名单，她就赌他对她还是有一点儿私心存在，至少还会担心她。

纪依辰坐在最顶部的一层人行阶梯上，抱着双膝。

除了布满星星的天空，她哪里也不敢看，脑海里却不知不觉地开始回放着曾经看过的恐怖片画面，加上耳畔呜呜吹过的夜风，她的身体止不住开始瑟瑟发抖起来。

害怕，前所未有的恐慌如海浪般袭来。

害怕夜晚的黑暗，害怕黑暗中看不到的神秘跟未知，害怕坐在最高处那种无助和孤单，害怕傅司铭对她不管不顾……

时间一秒一秒地流逝，每一秒都是那么漫长，充满煎熬。

傅司铭气喘吁吁地赶到山顶的时候，纪依辰像个被抛弃的孤儿，又冷又害怕，坐在阶梯上缩成了一团，别提多可怜了。

所以看到他出现的那一刻，纪依辰忍了半天的泪水终于决堤而出，她大声地哭了起来，哭得像个小孩，放肆的哭声在这个深夜中的山顶显得格外突兀。

傅司铭站在离她大概两米左右的阶梯上，他脸色复杂地看着放声大哭的纪依辰，没有再往上走，大概是跑得太急太久，他的呼吸半晌都没有平复下来。

纪依辰哭了一阵后，内心积压的情绪都发泄得差不多了，她起身飞快地跑下阶梯，毅然决然地扑入他的怀里，双手用力紧紧地抱住他，哽咽着说："傅司铭你这个笨蛋，如果这次你敢再推开我，我就再也不原谅你

了！"

傅司铭的身体微微僵硬了起来，他没有抱她，也没有推开她，就那样任由她抱着。

少顷，他稍稍调整了下呼吸，才压抑着内心复杂的情绪说道："这么晚了，你跑来这里做什么？你难道不知道这里很危险？"

最后一句话，他几乎是咬着牙说出来的，声音里明显带着几分焦灼和担忧。

"不危险，你怎么会来？"纪依辰破涕为笑，"不过我没有被抢财也没有被劫色，而且还等到了你，是不是很幸运？"

傅司铭肺都要被她气炸了，他抬起双手握住她的肩膀，慢慢将她推开，借着月光看着她布满泪痕却又窃喜不已的小脸，郑重地说道："纪依辰，你给我听好，以后绝对不许再做这样危险的事情了！不许你拿自己的安危开玩笑！"

纪依辰微微仰着脸庞，眼神里透出一股倔强跟固执："我不是在开玩笑，我只是在赌我的幸福！"

话音落下的瞬间，纪依辰往后踏出一步，踩到上面的那个台阶上，然后伸手勾住他的脖子，脸一扬就吻住他的唇。

她显然喝过了酒，呼吸里有浓重的酒气，傅司铭本想要推开她，她却用双手更加用力地箍住他的后脑，不给他后退的机会。

他皱着眉头，有些狼狈地挣扎了几下，最后还是用力将她推开了："你喝酒了？"

他紧紧地盯着纪依辰，只觉得她身上散发出浓浓的酒精气息，这令他格外不喜。

"怎么，你嫌弃我了？"纪依辰噘着嘴看着他，脸上满是委屈与不甘，"要怪也只能怪你，谁让你那么决绝地抛弃我，不理我？"

他心脏狠狠地抽痛。

下意识地握紧她的肩膀，俊脸在月色下柔和了下来，他叹息了一声："哪怕我不能爱你，你也要好好爱自己。"

"我当然想好好爱自己，但前提是我要能够好好爱你，如果连爱一个人的机会都没有，那活着有什么意思？如果不能爱你，我宁愿不活。"她一番话说得振振有词，吐字清晰，理直气壮得完全不似醉酒的样子，却深深地撼动了他的心。

他盯着她看了很久很久，仿佛经过了一个世纪的沉淀之后，他终于放松了语气，在夜色中幽幽地说："你说真的？"

看他似乎还有些狐疑的样子，纪依辰有些生气："当然！你要怎样才肯相信我？"

傅司铭怔了一下，没有说话，只是拉着她的手慢慢走完最后几个阶梯，然后跟她一起并肩席地而坐。

夜空中星光璀璨，月华如水，就连夜风似乎也多了几分温柔缱绻。

原来，这个世界的所有一切，都会因为他的存在而变得美好起来，纪依辰心底涌起一丝久违的甜蜜，她歪着头靠在傅司铭的肩膀上，满心希冀地说："答应我好不好，再也不要离开我，有困难我们一起面对，只要我们一条心，没什么是解决不了的！"

傅司铭望着远方，双眼如苍穹般深邃，他沉吟了片刻，忽而说道："有些事情，解决起来是需要时间的。"

纪依辰疑惑地呢喃道："时间？"

傅司铭凝重地说："对，我只有用时间才能证明自己配得上你。"

纪依辰闻声心里一暖，她情不自禁地绽开一抹笑颜："那我也要证明我是真的很爱很爱你，为了你，我可以付出一切。"

说完，她勾住他的脖子几乎吊在他的身上，然后湿软的唇便再度吻了上去。

傅司铭刹那间明白过来，原来她的"证明"是用这种方法，他立即不悦地皱眉，避开道："我不需要你用这种方法来向我证明，尤其是在你喝醉的状态下！"

纪依辰眨着眼睛，笑着辩驳道："我没醉！我的脑子很清醒，我说话都没打结！"

醉酒的人永远不会承认自己醉了，可是，傅司铭却看得出来她跟平时不一样，此刻的她显然比平时多了几分娇憨，眼神带着几分迷离，脸上泛着一层不自然的潮红，还有她身上那浓浓的酒精气息，都能证明她跟以往不一样。

然而，她的身上却好似还有一种神秘的香气，鬼使神差般地吸引着他，他不得不努力控制着不去看她。

可是，纪依辰哪能这么放过他，她凑上去重新想要亲吻他。

"不要闹了！"他提高声音呵斥一声，再次用力推开她，动作几乎带了些凶狠。

但纪依辰固执得勾住他的脖子不肯放手，急得眼泪都流出来了："为什么不可以？你不想被我一辈子缠着对不对？你到现在还想抛开我，不想跟我有任何关系了对不对？"

"不是的……"

傅司铭稍有分神，纪依辰便再次吻了上去。

这个夜晚的山顶，充满了梦幻般的甜蜜和缠绵的气息。

良久，纪依辰身体疲惫地躺在傅司铭的怀里，慵懒地晒着月光。

傅司铭轻轻地抚着她柔顺的发丝，说了一句让她此生难忘的话："从今以后，如果全世界都要与我们的爱情为敌，那我也只好想办法一个一个解决掉，如果爱你是一种罪，那我也已经疯狂了。"

璀璨如撒满钻石的星空，皎洁的月色，将这个夜晚点缀得那么浪漫迷人。

夜风吹来，他们互相依靠着取暖，心里感觉到一股前所未有的美好。

THE
LOVE
第十章
只要有你在，
我的心里就装满了你
C H A P T E R
10

两人再次来到纪依辰家时，已经是午夜时分，纪家一家等得早已是心急如焚，尤其是当众人看见纪依辰身边的傅司铭时，几乎恨不得把他活生生吞掉似的。

然而纪依辰与傅司铭紧紧地拉着彼此的手，丝毫没有放开对方的意思。

"你这个可恶的小子！"纪爸爸随手拿起一旁的花瓶就要扔过去，纪妈妈跟纪轩毅急忙拦住了他，用力从纪爸爸手中夺过花瓶。

虽然纪轩毅对傅司铭的愤恨之意不比纪爸爸少，但是这会儿纪依辰在他的身边，那花瓶砸过去，必然会伤害到纪依辰。

再者他明显察觉到，今天的纪依辰浑身透出一种比以往更要坚定决绝的气息，她的眼神里再也看不到一丝的害怕。

他有预感，今天就算是和他们斗得头破血流，她也会在所不惜。

他则一步步向他们走了过去，俊脸上布满阴霾，目光狠厉地盯着傅司铭，恨不得在他身上戳出一个洞来，然后咬着牙看着妹妹说道："依辰，你跟他不是已经分手了吗？这是怎么回事？"

"哥，我从来没有说过我跟他分手了。"纪依辰淡淡地说完后，侧身转头看向沙发前的纪爸爸跟纪妈妈说道，"爸爸妈妈，谢谢你们对我的养育之恩，不管之前发生了什么事情，以后，我都不想再跟司铭分开，我会好好跟他幸福地过完这辈子的，请你们放心。"

纪爸爸气呼呼地瞪着她，怒道："纪依辰，你……你真是翅膀硬了！"

傅司铭不卑不亢地说："伯父伯母，请不要怪依辰，一切都是因我而起的，很抱歉因为我的出现造成了现在这种局面。但请你们相信，我跟依辰是真心相爱的，我们并不是儿戏，而且，为了依辰，我一定会好好努力，让我有资格配得上你们的女儿……"

因为两次都是深夜才带着女儿回家，纪爸爸已经对傅司铭的印象差到了极点，傅司铭的话还没说完，他就怒不可遏地叱道："你永远都没有资格！"

纪依辰有点儿急了，上前一步说道："爸，你不要这么不可理喻好不好？"

傅司铭拉着她的手轻轻扯了两下，用眼神示意她不要冲动。

只见纪爸爸怒气更盛了起来，纪轩毅连忙抢先一步指责道："依辰，你怎么跟爸说话的？难道你一定要为了这个人，背叛爸爸背叛这个家吗？"

为什么动不动就说她背叛！

纪依辰心中懊恼极了，她咬了咬唇，脑海里突然想出了一个主意，她犹豫了一瞬，终于硬着头皮走到纪轩毅的旁边，凑近他的耳畔轻轻说了几句话："我现在身和心都已经是傅司铭的人了，如果哥非要阻止我跟他在一

起，那你这是要亲手毁掉我的幸福，你不会这么残忍地把我往死路上逼的对不对，哥？"

这几句话仿佛是毒药，纪轩毅听完后，脸色瞬间大变，他颤颤地握紧双拳，愤怒地望向纪依辰身后的傅司铭，那一刻，他眼中几乎迸出了不可饶恕的杀意。

可是妹妹的威胁却让他不敢掉以轻心，十几秒钟之内，他的内心发生了翻天覆地的变化。他强自镇定，努力克制住几乎要爆炸的情绪，紧抿着唇，不再出声。

纪爸爸面容威严，咬牙警告道："依辰，你要是再跟这个男人在一起，爸爸就当没你这个女儿！"

纪依辰委屈极了："爸，我只是有了一个喜欢的人而已，为什么你们要这样反对？我又不是小孩子了！"

"你还顶嘴……"

眼看纪爸爸又要发怒，身旁的纪妈妈赶紧劝说道："好啦，老纪你就不要再生气了，女儿也已经二十岁了，早就成年了，她有自己选择的权利，我们过多干预……"

纪爸爸不悦地反驳道："二十岁怎么了？在我眼中她就是个小孩子，不懂事的小孩子！她有多单纯，你这当妈的还不知道？被人骗了还帮人数钱呢！"

"我哪有被他骗，一切都是我自愿的！"纪依辰委屈又心急，完全忘了傅司铭教她千万不要冲动之类的话，她心里想什么就脱口而出，"爸，如果您一定执意要拆散我跟司铭，那我会活不下去的！"

"你——"纪爸爸瞪大眼睛怒视着女儿，伸手指着她，气得浑身发抖，"我……我真是白……白养……"

纪爸爸的话音戛然而止，两眼一黑往一侧昏倒下去。

"老纪！"

"爸！"

"伯父！"

众人瞬间慌乱了起来，纪轩毅跟傅司铭两人合力将纪爸爸扶到沙发上躺好，纪轩毅打了急救电话，傅司铭开始急救，配合得倒是相当默契，纪妈妈站在旁边担忧得眼泪都快流出来了。

纪依辰站在原地，看着昏迷的纪爸爸，愧疚与自责感瞬间如潮水般将她淹没，她不敢呼吸，不敢眨眼，害怕只是一瞬的工夫，噩耗就传来。

她第一次这样讨厌自己，为什么有什么话不能好好说，一定要说得这样极端，就算爸爸这次不同意，她也可以慢慢来，跟傅司铭一起用行动和时间向爸妈证明，他们在一起绝对没有错，傅司铭是这样教她的，可是，她为什么就要冲动地说出那样的话来？

如果爸爸有个三长两短，她肯定会难过一辈子，自责一辈子的！

两个小时后。

重症监护病房外。

透过玻璃窗，纪依辰跟纪妈妈可以清楚地看见那个熟悉的身影正静静地躺在病床上，一动不动，透明的药水无声地注入他的体内。

纪依辰的心狠狠抽紧，难过得几乎无法呼吸。

纪妈妈看出了女儿强烈的自责感，她叹了口气，拍拍她的肩膀安抚她说："依辰，不用担心，医生不都说这会儿已经脱离危险期了吗？说到底还多亏了那个傅司铭采取了及时的救护措施。"

纪依辰的脸色没有一丝血色，眼睛里满是痛楚跟愧疚，她微微垂头，声音几度哽咽："可是爸爸这样都是被我害的，妈，我就是个罪人……"

见她如此，纪妈妈于心不忍，她轻轻抚着女儿的头，声音尽量柔和："因为常年工作繁重，你爸的心脏一直都有问题，倒也不能全怪你，你也不要太过自责了。"

纪依辰抬起头来看着纪妈妈，眼眶突然一热，泪水几乎模糊了她的双眼："可是，妈妈我真的好难受好难受，我深爱着司铭，可是我也深爱着爸爸，不管哪一方受到伤害，我都会生不如死。"

纪妈妈深深地吸了口气，心疼地看着女儿："依辰，你是妈妈心尖上的宝贝，看你这样妈妈也心痛，妈妈也看开了，只要你开心，妈妈绝对不会再阻拦你跟傅司铭的爱情。事实上，经过这段时间的观察，我觉得这个年轻人除了背景跟咱们家有些悬殊，各方面还是很优秀的，但前提是他要对你完全认真才行，所以，你也可以趁此机会，看看他是不是对你真心的。"

听完妈妈的一番话，纪依辰有点儿懵，这对于她来说应该是好消息，但她却又不敢高兴得太早，只得小心翼翼地问："妈妈您是什么意思？"

"就是过你爸爸这关，如果他待你是真心的，就要让他想方设法努力过你爸爸这关。"纪妈妈朝她露出一抹微笑，"有什么需要帮忙的，妈妈尽量帮你。"

纪依辰顿时喜笑颜开："妈，你说真的？谢谢您！"

她激动地扑入妈妈的怀里，像小时候在妈妈怀里撒娇般，纪妈妈情不自禁地微笑起来，抬手摸了摸她的头，心里一阵说不出的欣慰。

兴奋了一会儿后，纪依辰心情又沮丧了起来，她慢慢离开妈妈的怀抱，忧伤地转头望着病房内的纪爸爸，难过地说："那也要爸爸赶紧好起来才是。"

不然，所有的幸福都跟她无关。

医院的草坪边，光线幽暗的路灯下。

两个如同漫画中的男生面对面而立，明明很安静，但空气中却总有种刀光剑影针锋相对的错觉。

沉默了一阵之后。

纪轩毅微微地眯了眯眼睛，眼底闪过一道锋利冰冷的光芒，他攥紧的拳头松开又再次攥紧，反反复复，努力克制住自己想要狂揍傅司铭一番的冲动。

207

最后理智终于还是压制住了冲动，只是他的语气中却没有一丝温度："你知不知道，我现在恨不得杀了你。"

因为纪依辰，他恨不得杀了这个男人，可也是因为纪依辰，他万万不能动这个男人。

多么的可悲，曾经亲密无间的兄妹关系，因为另一个人的出现而变成如今这番模样，到底是眼前这个男生的错，还是因为……他产生了不该产生的念头。

"让你对我有如此大的恨意，我很抱歉。"傅司铭的声音里听不出喜怒。

纪轩毅目光如霜："少在我面前假惺惺，这些不都是你想要的吗？"

傅司铭拧眉："我不太懂你的意思。"

"把我妹妹骗到手之后，再把我家闹得翻天覆地，这不就是你想要的？"纪轩毅狠狠盯着他，"你纯粹就是想报复我们家！"

傅司铭面无表情："我没那么无聊。"

纪轩毅冷笑，眼睛里是满满的嘲讽："如果你不是为了报复我家，那难道是因为钱？也许到最后你仍然得不到纪家的一分钱。"

傅司铭目光一暗，声音笃定地说："不用也许，因为我根本不会要纪家一分钱，我只爱依辰。"

纪轩毅眼中迸出愤怒的光芒，他咬牙道："我也深爱她，所以我真的很恨你，是你搅乱了我们一家人原本的幸福生活。"

"你是恨我抢走了原本只'属于'你的纪依辰，是吗？"傅司铭淡淡地开口，目光却仿佛有洞悉一切的力量。

纪轩毅的脸色顿时一变，被说到痛处的他一时哑口无言。

傅司铭似有若无地笑了笑，继续追问道："你对依辰的爱，只是兄妹之情吗？"

纪轩毅脸色铁青，胸口仿佛被巨石狠狠一击，他咬着牙从齿缝里硬生生挤出两个字："当然。"

当然不是。

然而，纪轩毅这一次不得不承认自己是真的输了，从一开始他就彻底输了，眼前这个男人再怎么样都可以理直气壮地说自己爱依辰，可是，他连说出来的勇气都没有……

上午。

阳光无声地照进病房，让充满了消毒水味道的病房里多多少少增添了几分温暖。

纪爸爸静静地躺在病床上，好像睡着了一般。

纪依辰坐在病床边上，握着爸爸的手，目不转睛地凝视着他，内疚地轻声说："爸爸，我错了，你赶紧醒醒吧，你醒了想打我也好，骂我也罢，我都任你处置……"

纪爸爸自然不会给她任何回答，于是她继续自言自语道："可是，爸爸

209

从小到大，你都没有打过我，骂过我，唯独这一次，我知道你是关心我，心疼我，都怪我太任性，有什么话不能好好跟你说……"

说到这里，她不由得叹了口气。

紧接着她又摇了摇头，不行，她不能在爸爸面前说不开心的话，她要讲点开心的才行！

在脑海里搜索了一番后，她扬起一抹灿烂的笑容，迫不及待地说道："对了，爸，你还记不记得小时候有一天晚上，我特别想吃城西那家的甜点，可是，那会已经很晚了，司机下班了，哥哥跟妈妈都睡着了，你下班回得晚，所以我就缠着你要吃，你虽然很累了，可是，当时你还是二话不说就去给我买了。但回来的时候，你把甜点交到我的手里后，坐在沙发上跟我一句话都还没说完，你就睡着了，当时爸爸是有多困呢？"

"还有一次，我不小心把妈妈最爱的那盆名贵的盆栽给砸坏了，我当时着急得不得了，怕妈妈看见伤心，于是爸爸那一天推掉了所有的工作，带着我几乎把这座城市的花店都逛遍了，结果还是没有找到那种花，我可沮丧了，爸爸为了安慰我，就带着我到处去玩，玩得可开心了，完全把盆栽的事情忘得一干二净，回家后，爸爸还替我把这事隐瞒了下来，非说是家里那只大黑猫干的，那大概是爸爸第一次对妈妈撒谎吧……"

回想起小时候的一幕幕，纪依辰慢慢趴下身子，轻轻枕在爸爸的手臂上。

"爸爸，真是谢谢你，一直对我那样好，没有你就没有现在的我，我能

210

过得这样幸福，都是因为你跟妈妈，我永远都不会忘记你们的养育之恩，以后一定会好好孝顺你们……"

"可是，爸爸你怎么才能同意我跟傅司铭在一起呢？其实他很不错的呀，他是我们学校里的大才子，老师们都可喜欢他了，他的前途一片光明，爸爸有什么可担忧的呢？"

"如果说爸爸是让我能呼吸而不可缺少的肺，那么傅司铭就是我的心脏了，心和肺都对我那么那么重要，我怎么舍得割掉其中一部分……"

正当纪依辰完全沉浸在自说自话的世界中，头顶突然响起的咳嗽声让她愣了一下，她赶紧抬起头来，只见纪爸爸正一脸慈祥地注视着她。

"爸，你醒啦？"纪依辰立即喜极而泣，"爸，你可算是醒了！我们可担心你了！"

纪爸爸转动眼珠子，看了看四周，神色有些迷惑地问："现在是什么时候了？"

"是中午，不过你已经昏睡两天了。"纪依辰眼中饱含热泪，微垂着头，十分愧疚地说，"爸爸，这次都是女儿不孝，你骂我或者打我吧……"

纪爸爸认真地注视着她，沉吟了片刻后，声音低哑地说："依辰，你瘦了。"

纪依辰连着两天两夜都守在爸爸的身边，也没吃什么东西，一下子就消瘦了一圈，精神也蔫蔫的。

此刻，她不想让爸爸担心，于是努力绽开一抹笑容，若无其事地说：

"有吗？如果瘦了就太好了，我又减肥成功了！媛媛肯定羡慕死我了！"

看着女儿佯装的笑意，纪爸爸的目光黯了黯："女儿，爸爸希望你幸福，你性子单纯，爸爸难免要替你多操心几分，但你要知道，不管爸爸怎样对你，爸爸都是因为爱你。"

纪依辰含着眼泪，默默点头。

纪爸爸叹了口气："可是，你妈说的对，你长大了，或许爸爸应该试着放手让你自己去选择你想要的人生。"

纪依辰的心情十分复杂，所有的情绪都涌了上来，让她简直无法自抑，她垂下头去哽咽着说："爸，对不起，是我太任性……"

纪爸爸瞅着她沉吟了半晌，暗自下了一个决定，于是深吸了一口气，慢慢说道："你不用道歉，有些事情爸爸也想通了，这样吧，你让那个傅司铭过来一趟，我可以给他一个机会。"

纪依辰几乎不敢相信地愣住了，她目不转睛地看着纪爸爸好半晌，小心翼翼地问："您说真的？"

"能不真吗？"纪爸爸一脸严肃地打趣道，"我女儿的心跟肺可都是缺一不可的呀。"

纪依辰怔了一下，立刻哭笑不得，她撒娇似的跺了跺脚："爸，你偷听人家讲话！"

纪爸爸耸耸肩膀："我可没有偷听，我是光明正大地听，况且，你不就是说给爸爸听的吗？"

纪依辰微微一笑，她趴下身子，枕在纪爸爸的手臂上，诚心诚意地说："爸爸，谢谢你，真的谢谢你。"

纪爸爸的苏醒果然是个好兆头。

趁妈妈跟哥哥在病房里守着爸爸的时候，纪依辰偷偷溜出病房，来到走廊上给傅司铭打了一个电话，听闻纪爸爸苏醒了的消息，傅司铭也十分高兴："那我晚上去看伯父，你这两天没休息也没怎么吃东西，赶紧去吃一些吧。"

"我知道了，跟你打完电话我就去吃饭。"纪依辰笑嘻嘻地说，"不过你肯定要过来一趟，我爸特地交代的，他有点儿事情跟你说。"

"伯父有事跟我说？"傅司铭下意识地问道，"什么事情？"

"具体的我不太清楚，但我爸说，他会给你一个机会。"纪依辰的声音里透着压抑不住的激动跟欣喜。

手机那边的傅司铭倒没有太大的反应，他沉吟了一瞬之后，才淡淡地回答她："好，我晚点空了就过去，你先去吃点东西吧。"

"好，那我们一会儿不见不散。"

挂了线后，纪依辰脸上绽开一抹无比释然的微笑，窗外的阳光仿佛直入心间，温暖得不可思议。

傍晚。

夕阳西下。

纪爸爸半躺在病床上，吃着妻子专门为他熬的爱心粥，精神渐渐好了起来，一家人刻意避开一些不开心的话，只是说些曾经的趣事，氛围倒也其乐融融，直到傅司铭出现。

纪轩毅在病房门口拦住了他，皱着眉头不悦地说道："你还来做什么？这里不欢迎你！"

纪依辰紧跟了上去，轻轻拽了拽他的手，压低声音道："哥，你不要这样！"

纪轩毅不为所动，依旧面容冰冷地盯着傅司铭，浑身散发出排斥和敌视之意。

氛围顷刻间僵了下来。

病床上的纪爸爸喝完了粥，擦了擦嘴，轻咳了一声说道："轩毅，让他进来吧，是我让他来的。"

"爸，为什么？"纪轩毅转头不可思议地看着纪爸爸，俊脸上布满了疑惑。

纪爸爸没有回答儿子，只是瞅了傅司铭一眼，淡淡地说道："你进来吧。"

"好的。"

傅司铭温声回应，看着面前的纪轩毅没有让路的意思，他便绕过纪轩毅，走到病床边将买来的水果放到一旁，然后关切地问："伯父，您这会儿感觉身体怎样？"

"还好。"纪爸爸稍稍坐直了些身体，认真地看着傅司铭道，"知道我把你叫过来做什么吗？"

傅司铭顿了一会儿，然后摇摇头。

纪爸爸挑了挑眉："我让你过来是想告诉你，想要和依辰在一起，那你就必须成为可以照顾她一辈子的人。"

傅司铭沉静的目光有些微闪烁，他神色凝重地说："这个是必然的，不过不知伯父具体是什么意思？"

既然纪爸爸特地把他叫过来，肯定是有自己的想法了，虽然有些困惑，但他还是做好了心理准备。

纪爸爸随手端起一旁的水杯，优雅地喝了一口水后，他又将水杯放下，这才不疾不徐地说："我可以送你去美国留学，学校我帮你安排好，其余的你自己想办法，如果三年后，你能混出成绩来，我就接受你成为我的女婿，如果你什么都没混出来，那么你就不要再回来了。"

纪爸爸的一番话说完之后，病房内的众人都为之一愣。

纪依辰率先反应过来，她大声回绝道："不行，爸爸我不同意这个提议。"

纪爸爸淡淡地看她一眼，然后不冷不热地说："我不是在跟你们商量。"

这是唯一的选择。

"但是，爸爸你这样对司铭未免太不公平了，他在国外人生地不熟的，

他哪有机会去创业！"

纪爸爸拧着眉头说："有什么不公平的？有多少人想出国留学的机会都没有，我给了他这个机会，已经算是对他非常厚道的了，难不成，你还想让我把成果都直接搬给他？"

"爸，我不是这个意思，那你想让他混出点成绩来，在国内也可以呀，为什么一定要让他去留学？"

纪爸爸跟她争得有点儿不悦了，不禁微微皱眉。

纪妈妈急忙走过去拉了拉女儿的手，小声道："难得你爸肯给人家一次机会，你不要再把你爸爸惹生气了，你先听听傅司铭怎么说嘛。"说着，纪妈妈有意提高声音，在说给纪依辰听的同时，也是说给当事人傅司铭听的，而在场所有人的视线也默契地移到了他的身上。

傅司铭长长的睫毛微垂，恰到好处地掩去了他内心复杂的情绪，他沉吟了半晌，最终在所有的人注视下，轻轻点头道："我同意您的建议。"

纪依辰目瞪口呆地盯着他。

暮色四起，医院里灯火通明。

傅司铭与纪依辰慢慢走出住院部的大楼，在花园内的草坪上，两人先后止步，傅司铭转头看着身边的纪依辰，只见她咬着唇微垂着头，明显还在生闷气。

他有些无奈，伸出双手放在她的肩膀上轻轻握住，认真地凝视着她说：

"依辰，虽然这个机会有些伤害我的自尊心，但是，我跟你爸爸都是同一个目的，那就是让我成为众人眼里可以照顾你一辈子的人。"

"你不用出国也可以做到。"纪依辰抬起头来时，已经热泪盈眶，她倔强而固执地盯着他，"我相信你！"

傅司铭愣了一下，心中万分柔软，随后微微一笑："可是只有我出国了，你们家人才会放下心来给我时间让我证明自己，如果我一直跟你在同一座城市里，他们时刻都会担心我们是不是会提早一步发生点儿什么意外，而事实上，如果你在我的身边，也容易让我分心。"

纪依辰一听，顿时无比委屈跟不满："那你的意思是，我会害你做不成大事？"

"不是。"傅司铭笑着摇摇头，眼中含满了温柔，"因为你是我最不能忽视的存在，只要有你在，我的心里就装满了你，哪有还有心思做别的事情？"

虽然意思差不太多，但这话纪依辰听起来格外顺耳，她娇俏的小脸上情不自禁地露出了甜蜜的笑容，但紧接着又被分离的忧伤冲淡了。

她有些泫然欲泣地说："可是隔那么远，时间又那么久，我见不到你想你了该怎么办？"

"现在科技那么发达，我们随时可以视频不是？"

"那也只是看得到摸不到呀！"那不是更憋屈。

傅司铭忍俊不禁地调笑道："摸到了又能怎样？"

　　"摸到了就能……"纪依辰话说到一半才发现不对劲,她瞪了他一眼,在他的胸口捶了一下,娇嗔道,"傅司铭,你个坏蛋!我不要理你了!"

　　"真不理我了?"傅司铭俯身靠近她,"你舍得呀?"

　　"有什么舍不得的。"纪依辰口是心非地说。

　　傅司铭叹息道:"那我出国不就正合了你意。"

　　"你胡说什么呀!"纪依辰一脸不悦,想到那么久看不到他,她心里就莫名地一阵烦躁。

　　傅司铭笑而不语,眼底漾着一抹微不可察的淡淡忧伤。

　　纪依辰靠在他的怀里,噘着嘴说:"傅司铭,你要是敢在国外找金发美女,你就死定了,到时候我一定不顾一切飞过去一口一口把你吃掉!"

　　"好,我随时都愿意被你一口一口吃掉。"傅司铭紧搂住纪依辰,轻轻揉着她的发,"可是我对金发美女着实没什么兴趣。"

　　"那你也不能对亚洲美女产生任何兴趣。"纪依辰想了想,又郑重地加了一句,"除了我之外。"

　　"好,遵命。"傅司铭的笑容温柔而又充满了宠溺。

　　"干脆,什么美女都不行!"纪依辰力求排除一切可能性。

　　傅司铭强忍着笑:"你想得可真够仔细的……好了,还有没有要交代的,我都洗耳恭听。"

　　纪依辰绞尽了脑汁地想着,但想到最后,一阵忧伤又涌了上来,她下意识地扣紧傅司铭的腰,一副忍不住快要哭出来的样子:"可是,怎么办,我真的舍不得跟你分开啊！"

傅司铭无声地叹息，他搂紧怀中的人儿一刻都舍不得放松，却又不得不说："所有的分离，都是为了能够再相聚，你放心，我会为了你打败所有的困难，然后光明正大回到你的身边，让你的家人能够把你放心交给我。"

纪依辰依偎在他的怀里，沉默了半晌，最后深吸了一口气，沉静地说："司铭，我相信你。"

连下了数天雨之后，天气终于晴朗，阳光明媚，碧空万里，清新的空气给人一种恍如重生般的美妙感觉。

清晨，医院内。

纪依辰像往常一样把刚刚从花店里托人送来的鲜花插上，洒上一点点水，然后放在病房的窗台上，一阵微风吹过，满屋子都溢满了花香。

纪爸爸拿着最新一期的报纸，坐在病床上，一边看着报纸一边喝着白开水，悠闲自如。

纪依辰站在窗口，手里拿着手机时不时看下屏幕上的时间，偶尔抬头望向远处的天空，眼底尽是浓浓的不舍。

纪爸爸从报纸上抬起头来，一眼就看出了她的心事，于是笑了笑说："他今天早上9点的飞机，现在八点，如果你打车去机场或许还能赶到，当然，前提是他如果没有提前进登机口的话。"

被爸爸一下说中了心事，纪依辰又羞又恼："爸，我说了我不去。"

　　她怎么能去,那种分离的场景,她才不要面对,那肯定会让她难过得想要死掉,说不定,她当时就会抱紧他把他藏起来不许他离开。

　　所以,她不能去。

　　可是,想到他就要离开,就要远离这片跟她一起呼吸过的土地,她心里就好像有什么东西在撕扯一样,痛得几乎无法呼吸。三年,接下来她跟他三年都不能见面,如果他有个什么意外,或许他们一辈子都不能再见面……想到这个可能性,纪依辰立刻打了个冷战,她急忙摇了摇头,将这个可怕的念头挥开,然后努力朝好的方面想。她相信傅司铭那么优秀,一定可以打败所有的困难,然后意气风发地回到她的身边。

　　想象多么美好,可是时间又那么漫长,现在的分分秒秒,她都觉得异常难熬。

　　她深深地吸了口气,告诫自己千万不能再想了,她得找点事情做才行,她想了想,立刻就行动了起来。

　　自从傅司铭决定要去国外留学,纪依辰就买了一堆信纸放在包里,想着以后有空就给他写一封信,当然她并不是想寄给他,而是自己留着积攒起来,到以后跟傅司铭一起慢慢变老的时候,再来跟他一起分享这时候的点点滴滴,想想就觉得格外浪漫啊……

　　她从自己的包包里翻出一张信纸和一支笔,然后坐在窗口边默默地写了起来——

　　司铭,你知道吗?

直到与你相遇，活了二十年的我方才觉得人生真正地鲜活起来了，我第一次感受到心跳如雷，那种"怦怦怦"的声音，真的是世间最动听的声音。

因为你的一举一动，让我的世界变得丰富多彩，你的情绪深深地影响着我的喜怒哀乐，这样的感觉，多么美妙。

我一直都在期待一场轰轰烈烈的爱情，你的出现却让我改变了这个想法，我不想太激烈太轰动，我只想平平静静跟你幸福地过完每一天，可是，似乎事情总是事与愿违，我们的爱情是那样坎坷。

可是我不怕，一路披荆斩棘又如何，我都无所谓，因为有你在，最爱的你……

此时此刻，机场。

明媚的阳光透过机场偌大的玻璃窗洒落下来，将整个机场照得明亮无比，可是大厅中央，却站着两个仿佛比阳光还要耀眼的男生。

他们都身材颀长高挑，五官精致完美，气质绝尘出众，穿着看似简单，却又一丝不苟，帅气优雅得仿佛不似凡人。

这样的两个人，注定频频吸引路人的目光。

路边也有小姑娘偷偷将这一幕拍下来，然后发到朋友圈上跟人分享，引来好友们一阵无限臆想。

大厅广播里开始响起登机提醒，不能再多耽搁了，于是，傅司铭笑了笑，开口打破了沉默说道："没想到你会来给我送行，真是不胜荣幸。"

　　"你想不到的事情还多着呢。"纪轩毅回以他一个冷笑，"所以，如果三年后你没回来，你想不到的事情会更多的。"

　　"是吗？"傅司铭挑了挑眉，一脸似懂非懂的样子，转而说，"那么，这三年就劳烦你再多照顾下依辰了。"

　　纪轩毅的瞳孔骤然冰冷地缩紧："她是我妹妹，照顾她是我的责任，用不着任何人来'劳烦'，况且，你现在还不过就是一个'外人'。"

　　傅司铭不以为意地笑了笑："多谢提醒，就算这三年照顾她是你的责任，那么三年后，你就可以脱手了。"

　　"你就这么自信地认为，你三年后能成功回来？"

　　纪轩毅十分不悦地蹙着眉头，就算从小贵为天之骄子的他都没有这样的自信，这个穷小子哪里来的这么强的自信？

　　傅司铭笃定地微笑道："为了纪依辰，我无论如何也会回来的。"

　　纪轩毅死死地盯着他，几乎咬牙切齿地说："那行，我们就走着瞧，不过我也事先给你提个醒，如果三年后你回不来，那我可就要跟我的父亲提出解除跟依辰的收养关系。"

　　"谢谢你的提醒，如此一来，我又多了一层动力了。"

　　傅司铭露出一抹迷人自信的微笑，瞬间倾城。

　　纪轩毅眯着眼睛，嘲弄地笑了。

THE
LOVE

尾 声

看在你那么想跟我结婚的份儿上，
我就勉为其难把你娶了吧

E P I L O G U E

　　第一个月。

　　致此生最爱——你才走了七天，学校里一切如常，同学们还是一样爱八卦爱玩，最近体育系来了个特别帅的体育老师，你走之后，女生们的目光都转移到了他的身上，学校的八卦论坛里聊的都是他，对于别人来说，你的离开似乎没有任何影响，可是对于我来说，除了不适便是难过，我的生活里几乎到处都是你的影子，可是却找不到你，很想你，你在那个陌生的地方还习惯吗？

　　我最爱的人，你有没有想我？

　　……

　　第二个月。

　　今天是你离开这么久跟你第一次视频，虽然只有短短的几分钟，可是我莫名觉得好幸福，知道你特别忙，所以我会忍着尽量不去打扰你，有什么话，我都在这里跟你说好了，即使你看不到，我最爱的人，我会一直等着你……

　　……

第十个月。

今天好冷，天空飘起了雪花，好漂亮啊，可惜我还没有跟你一起赏过雪，今天我一个人在雪中行走的时候，想象着如果你在我的身边该有多好。

你在那边还好吗？那边冷不冷呢？要记得穿衣服哦，可不许感冒了。

我最爱的人，除了想你，还是想你。

……

第十三个月。

我胖了八斤了！脸上全是肉！

今天我从秤上下来的时候，心都凉了半截，真的超级想哭，如果你看到现在的我，一定会不喜欢我的！我要减肥，在你回来之前，我一定要瘦成一个"白骨精"！

不过你还有那么久才回来，我是不是还可以偷几个月懒，再多吃几个月的香草蛋糕呢？

啊，我没救了啊！

……

第二十个月。

我终于把肥减下来了，可是我脸上长痘了，心碎了一地啊，讨厌的痘痘真是我的噩梦！

我现在都不敢照镜子了，我自己看着都讨厌，你如果看见了肯定也会转身就走吧？呜呜呜……

225

可是，为什么我那么怕被你看见，却又那么那么想你呢？而且，我还做梦做到你了，时间真的好漫长好漫长啊！

最爱的人，你也和我思念你这般思念着我吗……

……

第二十五个月。

今天在网上的新闻里看到你了，照片上的你真的好帅好帅，我旁边那个女生看着都流口水了，我不会告诉你我的口水也快流下来了哦！

嘻嘻，我的司铭真的好棒，看着你在国外的事业一点点有起色，我真的好开心，继续加油哦！我等你回来！

……

第二十八个月。

今天爸妈去重拍了一套婚纱照，照得可浪漫可有爱了，看得我都好心动好心动啊，我站在那里幻想着如果是我跟你拍该有多好呢？

司铭，我真的好想你，你有没有想我？有没有想过跟我一起的未来？

虽然我现在可以在网上看见你在国外混得风生水起，前途希望越来越明亮，可是等待的时光太漫长了。

你有没有担心过我会被人拐跑呢？你应该不会担心吧？可是我好担心啊，现在国内的很多网站上都把你排列为黄金单身贵族的第一名呢，大把的女人把你当成了梦中情人，我多怕一个不小心，你就被人拐跑了……

……

第三十个月。

司铭，我告诉你一个秘密哦，最近有一个非常可爱的女孩子在追哥哥哦，哥哥虽然一直在拒绝她，可是我看得出来，他不是不心动，嘿嘿，看来我很快要有大嫂了！

不过，他们说那个女孩跟我有点儿像呢，不知道是不是真的，如果她真的跟我像，那以后一定很好相处吧？

我是不是在间接夸我自己呢？哈哈！

希望哥哥能幸福。

还有半年，你就回来了，好想好想好想你，我最爱的人……

……

第三十五个月。

还有一个月，就要满三年了，我是不是能够马上见到你了？不敢激动不敢开心，害怕这是一个美到不可思议的梦。

不到三年的时间，你已经成了美国两家上市公司的股东，而且还是其中一家公司的总裁，你果然是最优秀最无所不能的傅司铭。

你做到了。

昨天晚上爸爸在饭桌上都忍不住夸赞你了，虽然嘴上没明说，但我看得出来，他心里早就已经接受你这个女婿了。

不对，我们还没结婚，还不算女婿吧？

那么，你一回来我们就赶紧赶紧结婚好不好？你回来的时候大概是夏天

227

了，夏天太热，不如我们秋天结婚好了，不冷也不热，正适合穿着最漂亮的

婚纱，结了婚再生跟你一样聪明像我一样可爱的娃娃……

……

图书馆角落里，纪依辰将最后一句话写完之后，将信纸放在一个纸盒子里，再将纸盒子盖上，纸盒子里厚厚的信纸，全都是这些年她写给傅司铭的信。

她将纸盒子放在一个隐蔽的角落里，伸了一个长长的懒腰，然后才站起身来，直起身子的时候，她才发现蹲在地上蹲久了，脚都麻了。

这些年来，只要有一空，她就会来这个曾经跟傅司铭一起的"秘密基地"，即使如今她已经毕业了，她还是改不了这个习惯，偶尔在这里看会儿书睡会儿觉，偶尔在这里写写信，总觉得他就在身边陪伴着她一样。

至少让她感觉没那么孤独。

上午水喝得有点儿多，她突然间想去卫生间了，她看了一眼放在角落里的纸盒，心想这会儿抱着它去卫生间着实不太方便，不如就放在这里好了，反正平时都没人来这里，而且，她藏得这么隐秘，谁会去注意呢？

这么一想，她立刻就放下心来，往卫生间的方向小跑而去。

可是，她万万没料到的是，当她回来的时候，那个纸盒子竟然不见了！

她怔怔地站在原地，目光里全是惊诧跟不敢相信。

这些陪伴了她近三年的信，里面写满了跟傅司铭有关的心事，怎么就不翼而飞了？

她只觉得脑海里一片空白，心脏仿佛也漏跳了一拍，她茫然地转身，往前慢慢走了几步，猛地加快步伐在图书馆里疯狂地转了起来。

她的信！

她的心事！

那是她跟傅司铭之间的秘密，她才不要被别人看到！

可是，谁会拿她的信纸盒？

纪依辰像只无头苍蝇在图书馆里疯狂地寻找了起来，她紧张焦灼得几乎不敢呼吸，身体都抑制不住地颤抖起来……

"依辰。"

如大提琴般的声音忽而在她的身后响起，那样动听的声音仿佛来自于另一个世界一般不真实。

纪依辰顿下脚步，整个人怔住了。

全世界仿佛突然静了下来，只剩下她的心脏在"怦怦怦"，一下一下跳动的声音。

她缓缓转身。

一个熟悉而久违的身影逆着阳光慢慢映入她的眼帘。

裁剪精致质地名贵高端的西装套在他的身上完美无瑕，比几年前略短的头发，衬得他那张俊美的脸庞上多了几分果断和睿智。

他的身上散发出一种能让所有女人倾心迷醉的魅力，比照片上的那个他拥有更加震撼的吸引力。

看在你那么想跟我结婚的份儿上，我就勉为其难把你娶了吧

纪依辰听不见声音，感觉不到心跳，找不到自己的思维，一切的一切都因为他的出现而迷失了。

她的世界里，只剩下了眼前这个从天而降的男人。

嘴角含着一抹温柔迷人的笑容，傅司铭披着温暖的阳光，一步步优雅沉着地走到她的面前，他的左手中正捧着她刚刚丢失的信纸盒子。

看着完全处于怔忡状态的纪依辰，他微笑道："好久不见了。"

他的声音终于让纪依辰回过神来，她睁大眼睛盯着他，睫毛微微颤动，她却不敢眨一下眼睛，害怕一眨眼，他的身影就像是泡沫般消失了。

这个她等了快三年的男人，想念了整整一千多个日夜的男人，真的已经站在她的面前了吗？

她小心翼翼地伸出手去，纤长的手指眼看快要触碰到那张熟悉的俊脸上，却愣是不敢往前了。

她害怕，幸福得害怕。

见她久久不敢触碰自己，傅司铭加深了嘴角的笑意，主动伸手将她轻轻握住，然后送到自己的唇边轻轻吻了一下，声音低沉地说："真的好想你，我的依辰。"

纪依辰脸色微微一红，一股羞赧的灼热感从耳郭边迅速漫延开来，她低着头娇嗔着说："谁是你的啊？"

可是，她到底假装不了多久，他笑着还未吭声，她已经迫不及待地扑入他的怀里了，闻着他身上更加成熟了的气息，整个人幸福得快要昏掉了。

她闭上眼睛，任由自己任性地说："对，我就是你的人，永远都是你的。因为你是我这辈子的最爱！"

傅司铭将信纸盒子随手放在一旁，腾出手来搂紧怀中的人，两人的影子在地上叠起，仿佛成了一个人，彼此间的温度瞬间滚烫了起来。

"你也是我这辈子的最爱。从今天起，你整个人，全部都将属于我了。"

他低着头轻轻吻着她散发着香味的发丝，每一句话每一个字的声音在纪依辰的耳朵里听起来都那样醉人。

"你也一样！"纪依辰从他的怀里抬起娇俏的小脸，脸上绽开太阳花一般璀璨的笑容，"你身上的每一个部分也都属于我，任何人都不许窥视！"

傅司铭忍着笑："行，那以后你可得把我看住了，不要让别的女人抢跑了才是。"

纪依辰听着感觉有些别扭，忍不住微微皱眉："为什么要我看住了才行，你没有自觉的吗？"

看她并不像是在开玩笑的样子，傅司铭无奈地说："我要是没有自觉，你现在还能看到我吗？"

纪依辰闻声顿时笑逐颜开，她重新靠入傅司铭的怀中，柔声问："司铭，你能不能跟我说下，你喜欢我哪里呀？"

傅司铭认真地说："谁知道呢？你性格也不怎么样，五官算不上漂亮，身材也一般般，除了皮肤好一点儿，好像也没有别的优点了。"

231

THE
LOVE
最爱

　　纪依辰立即就要生气了，傅司铭赶紧接着将话说完："可是，我就是喜欢你，不可救药地喜欢你。"

　　纪依辰的气一下子就消了，欣喜得几乎合不拢嘴："这还差不多。"

　　"不过，我可不喜欢你白骨精的模样，我觉得你稍稍胖一点儿比较好看，而且有肉感，摸起来更加舒服。"说到最后，傅司铭几乎是贴在她的耳垂边上说的，灼热的气息扑在她的颈窝处，空气中隐隐充满了暧昧的气息。

　　纪依辰一阵发痒，四肢跟呼吸都控制不住地酥麻了起来，但紧接着，她察觉到他话里的重点，她再次抬起头看他："你偷看我的信了？"

　　"你的信不就是写给我看的吗？"傅司铭一脸理所当然的样子。

　　纪依辰有些着急："可是你都没有经过我的同意！"

　　"要是经过你的同意，我估计就看不到你原来那么盼望着跟我结婚呢。"傅司铭叹了一口气，状似无奈地说，"看在你那么想跟我结婚的情况下，我就勉为其难把你娶了吧。"

　　纪依辰不由得又羞又急："什么叫勉为其难！娶我你有那么勉强吗？你真可恶！"

　　看她焦急激动得像小兔子般可爱无辜的模样，傅司铭终于忍不住俯身吻住了她嫣红的唇。

　　久违的温度，久违的气息，久违的柔软……

　　她终于回到了他的身边，那么多个日日夜夜，她的滋味一直缠绕在他的心头挥之不去，好像毒药般越积越深。

232

他的气息越来越贪婪，越来越无法满足似的，他开始密密麻麻地吻着她的面颊跟耳朵，情难自禁地索取着。

纪依辰早就忘了生气，她被他吻得思绪成了一团乱麻，无法思考，整个人好像陷入了一个旋涡中，只觉得天旋地转的世界中，只剩下了她和他在转呀转呀……

最后，她全身无力地瘫软在他的怀里，听到他用性感低哑的声音宣告道："依辰，我用了两年多的时间，终于打败了所有的困难，只为娶你，所以，我会给你一场全世界最幸福的婚礼。"

"嗯。"她用力地点了点头，眼前仿佛是一片盛开的花海，而她和他，正幸福地在中间漫步，迤逦前行。

（完）

编辑部大八卦

——《七寻记》VS《蓬莱之歌》

夏日 天高云运，一早上小编我叼着包子，刚踏进编辑室的大门，一只圆珠笔嗖地从头顶飞过，我好像嗅到了战斗的气息……

【大喇叭】（手里攥着一本书，如一头愤怒的狮子）：卡卡薇这作者不错，我觉得这本《蓬莱之歌》，你必须得看！

【八卦妹】（连忙凑过来）：哇！这是新书啊！这个作者以前还写过《暗·少年之木偶店》《当星光没有光》《那年我们的秘密有多美》啊，销量简直如黄河之水天上来，泛滥不停……她特别擅长奇幻和少女题材，作品多见于《花火》《萤火》《微微》《爱格》《许愿树》等畅销杂志，多次被杂志推荐为人气作者呢。

小编我咽了咽口水：你这成语是怎么用的？你是怎么混进编辑室的啊？真是值得深思……

【淡定哥】：哼，这些小女生的作品，我才没兴趣呢。不过，有一个人例外，沧海镜的《七寻记》，我建议可以看看。情节丰富，文笔优美……我妹妹在家抱着那本书，看得都不想睡觉。嘿嘿，作者似乎还是个美女……

【大喇叭】：卡卡薇长得更美！她的少女奇幻文，不仅励志，冒险推进路线也紧凑，架构清晰，正能量充沛！你看看这些主角的名字，夏沫、苍术、师走、华意、雪藏……多好听！

淡定哥朝某人投去鄙夷的目光，叹息着摇摇头。

【淡定哥】：肤浅！名字好听管什么用？它人气高吗？卖得比《七寻记》好吗？有《封印之书》《悠莉宠物店》那些好看吗？你倒是说出几个理由，凭啥去买啊？"

小编我默默地退到了墙角。一波刀光剑影即将来袭，请围观群众注意躲避，以免误伤！

【大喇叭】（抢起袖子，颇有打架的气势）：第一，看到这封面了吗？清新薄荷绿，设计独特，买！第二，友情、正义、亲情、冒险、奇趣，在整个故事中发挥得淋漓尽致，买！第三，百鬼斋、不归胡同、红月中学旧校舍、契约街以及迷岛的冒险，这一个个扣人心弦的情节，你不看，包你后悔！《蓬莱之歌》青春又阳光，必须买！

【八卦妹】（一把抱住大喇叭大腿，痛哭流涕）：啊啊啊……喇叭姐，土豪，我们做朋友吧！"

大喇叭一脚踢开八卦妹，等着淡定哥"不服来战"。小编我蹲在角落画圈圈：好暴力，好可怕……不要瞟，不要看……

【淡定哥】（不服气）：反正市面上火热的同类型作品多了，凭什么它会火？我不信。

【大喇叭】：凭它是一本不可错过的好书！凭卡卡薇呕心沥血的创作态度！好了，淡定哥，明天我有点忙，你的牛肉粉，我就不帮你捎带了。

【淡定哥】（不淡定了，一把扑过去，扯住大喇叭）：不要啊！你知道我有"起床癌"，不帮我带早餐，我会饿死的！呜呜呜……我去买，去买，成不？我口袋里还有省下来的38块救命钱……

【大喇叭】（得意地仰天大笑）：啊哈哈哈……这还差不多！

小编45°忧伤看天，窗外依旧天高云远，编辑室里总是风雨不定，编辑室的八卦太多，版面有限，省略我三万八千字……有机会，我们再买包瓜子，唠唠嗑吧！

女王们的巅峰大PK

—— 你 最 喜 欢 哪 个 女 主 角 ？

最近热度很高的《花千骨》、《小时代》、《左耳》、《栀子花开》，小编追剧、追电影，追得可是心潮澎湃啊。当然，网上不乏批评，不过，小编才不管这些唾沫星子横飞的口水党呢，演员漂亮就是硬道理！嘿嘿嘿……（羞涩捂脸）

好啦！言归正传，小伙伴们快买好瓜子，搬好小板凳，抢坐前排！看这些女王们大PK吧！嘻嘻……

【最霸道可爱的女主角—】

她是霸道又可爱的芭蕾舞者，怀揣着舞蹈梦想，在遭遇诸多现实障碍时，仍然不放弃，勇敢向前闯。电影《栀子花开》，用轻喜剧的方式，讲述一群年轻人的青春，自成风格，故事简单而搞笑。女主角这么甜美又嚣张，爱她，你怕了吗？哈哈，一二三，让我们大声唱起来："栀子花开呀开……"（摸着良心说，你现在是不是正盯着图中的"喋喋"大帅哥在流口水？）

【最清新的小耳朵，哦!NO!女主角— 李珥 】

最惹人怜惜的小耳朵，内向不起眼的小耳朵，一个让我们都爱的小耳朵。在文字女巫的故事里，李珥代表着纯洁、善良和美好。十七岁，张狂不羁的年纪，一群年轻人经历着疼痛的青春，李珥陪伴着他们轰轰烈烈地成长。在电影《左耳》里，小耳朵清新脱俗的面容，更是让人印象深刻。说起来，看到这样的小耳朵，小编都想抱回家养一只啊……

【最神秘最纠结最叛逆的女主角——沈安雁】

她是最傲娇的"毒舌"女王，她是最深情的叛逆小公主，她也是超人气青春作家陌安凉故事里让人心疼的沈安雁。一段复杂的四角恋追逐战，让人无限唏嘘。身陷于亲情、友情的情感旋涡中，这场众多纠葛的青春爱恋何去何从？

成长只是一场狂欢，绚烂璀璨后，逃不过曲终人散。在横冲直撞的青涩年华里，我路过你的世界……唉，总有那么一个人，是心头难以愈合的伤疤，需要用漫长的时光来忘记。

真实的成长记录，难忘的年少时光，深沉的疼痛青春！小编掩面感伤中。说起来，你们是不是很好奇女主角长什么样子呀？嘿嘿，这可是个秘密，你们自己想象女主角沉鱼落雁、闭月羞花的面容吧！（捂脸）

暗黑系天后陌安凉，倾情巨献《我路过你的世界》，正在上市热销中。厚厚的散发着清香的青春成长小说，一点都不比饶雪漫的《左耳》差，全国各大书店都摆得满满的，大家快去买吧。请备好纸巾，自主观看。

不要问我故事有多精彩，自己去买书！不要问我女主角有多惹人爱，自己去买书！啦啦啦……

【最"邻家大姐姐"的女主角— 林萧 】

"小时代"系列里，帅哥靓女一大堆，林萧可称得上是浮华中的涓涓细流，她担任《M.E》杂志执行主编的私人助理，是个典型的文艺女青年，喜欢文字，重视友情，性格温和，有点孩子气，很佩服好友顾里和同事kitty。林萧的身上有每一个平凡女孩子的影子，因此，她就像邻家大姐姐一般！（你们都盯着图中帅帅的冬冬看，是怎么回事啊？）

【最悲惨的萌物！哦不，女主角— 花千骨 】

花千骨的经历可称得上一部血泪奋斗史啊！她是世间最后一个神，也是百年难得一见的天煞孤星，自小体质特殊，被妖魔缠身，遇上白子画，从此走上了一条悲惨的不归路。一百零一剑、八十一根销魂钉、十六年的囚禁……经受了各种虐待，她可是赚足了读者、观众们的眼泪。哎哟，不说了，小编拿着小手绢，先去哭一会儿。

看到这么多漂亮的女主角，小编可是眼前桃花朵朵开啊。你们最喜欢哪个女主角呢？小编对**《我路过你的世界》**里的神秘女主角**沈安雁**最感兴趣，容我去挖一挖她的身家背景吧，哈哈哈……（狂笑着走开）

花儿与少年

尊上，你的命中注定是……

—— **"Desitny魔法"** 系列之霍建华任意cos&PK秀

尊上，你的小骨来啦！ ▶　　尊上，请和我一起弹琴吧！

尊上，我的剑术练得怎么样？　　　尊上……
　　　　　　　　　　　　　　　　　▼

随着电视剧《花千骨》的热播，小果的朋友圈都被"尊上"白子画和霍建华给刷屏了！

又是一月广告季，小果冥思苦想写不出来的时候，刷起朋友圈，对着"尊上"扮演者霍建华帅气的脸庞，忍不住花痴……呃，是联想起来。

既然霍建华这么火，不如小果子让霍建华来COS一番新系列的几个花美男？

尊上，你命中注定，这个月要属于小果子啦！

一所以鸢尾花为象征的普通学院，却隐藏着不为人知的惊天大秘密！

从异次元世界而来的美男们，聚集在艾利学院的流光城堡，正带着自己的"一纸契约"，寻找命中注定的魔法主人！

浪漫轻氧系美少女作家松小果，奉上超华丽的浪漫校园奇幻新系列——

废柴魔法师+古代皇族少年+外星球王子+花界继承人的豪华组合炫酷来袭！

可是，这么华丽的组合，谁能撑得住？

没关系，让《花千骨》里的冰山美男"尊上"白子画——霍建华，用他演绎的角色告诉你！

废柴魔法师　鲁西法

出身魔法世家的魔法少年，最擅长的是将事物变成粉红色棉花糖，一旦失败，自己会被魔法炸到。虽然有了这项技能，但为了取得正式的魔法师资格，仍然勤奋练习。他的性格比较单纯，说话直率，容易得罪人，所以经常不说话，看上去很冷漠。

P　K　角　色

《金玉良缘》　金元宝

同样是出身世家，含着金汤匙出生，地位也很超然。看上去非常冷漠，不属于任何客套，感觉是个很难相处的人，但是内心跟鲁西法一样，非常柔软。只是，这需要深入接触才会发现。如果要进入他们的世界，就要有接受"毒舌"或者火爆脾气的决心，你受得了吗？

古代皇族　天一凤

来自中国古代的皇族，拥有崇高的地位。即使在现代，也是这群异次元美男们的精神领袖。表面是个斯文有礼的男生，喜欢穿一身白色，实际上却是个深藏不露的武功高手，即使其他人使用超能力，也难以对付他。

P　K　角　色

《花千骨》　白子画

同样是身负重任，只不过天一凤背的是家国天下，白子画的责任是仙界人间。他看上去超凡孤傲，甚至有一点冷漠，其实，他把自己仅有的温柔和爱都留给了那一个人。天一凤也一样，脱去金光闪闪的"皇子"身份，他把只属于天一凤的感情也都留给了自己的魔法主人。如果遇到他们，一定要等到他们脱去"面具"，露出真正的自己。

外星球王子 诺恩

来自遥远的萨特星球的王子。外表是典型的外国吸血鬼长相，实际上是个爱吃辣椒、只吃素的大胃王。他的超能力是类似机器猫的任意门，只要他的手推开门，就会瞬间进行地址转换，只是，永远到不了门原本通向的地方。

PK角色

《倾世皇妃》刘连城

同样是外星球的王子，身份显赫的王子，同样是不安于现有生活的异类。刘连城把自己的感情都托付给了楚国公主马馥雅，执着得近乎偏执。而诺恩则把自己的热情都投入到了「吃」里，对食物特别是辣椒非常执着。两人都是至情至性之人，对自己看中的，都会投入百分之百的精力。

花界继承人 花千叶

是花界的花主继承人。外表柔弱、精致，但是内在性格很「爷们」，属于「外在精致内在糙」的类型。能听懂花的语言并操控它们，所以知道学校的所有八卦。为了改变自己柔软的形象，养成了粗鲁的行为习惯，却因为形成了反差，被大家追捧。

PK角色

《战长沙》顾清明

是民国时期大佬的独生继承人，有一颗爱国之心。因为长相文弱和身份问题，尽管想上战场，却总是被隔离在前线之外。跟花千叶一样，为了改变既有的状况，戴上了冷静理智的面具，掩盖自己敏感骄傲的心。两人都属于外表太好看以至于容易被忽略内在的人，却都用自己的实际行动，佐证了自己「爷们」的个性。

　　看了霍建华的角色cos秀，对即将登场的异次元少年们是不是有了一定的了解呢？

　　不管是会变棉花糖的魔法师鲁西法，还是古代皇族天一凤，又或是外星球王子诺恩和花界继承人花千叶，他们身上的秘密可不光这一点！

　　一切的答案，都会在接下来的"Destiny魔法系列"中揭晓。

当当当!
第一部《琥珀流光魔法雪》即将上市，废柴魔法师鲁西法即将找到他的魔法主人！

　　那么他的秘密到底是什么呢？

　　嘘，书里告诉你哦！

广告已经写完，尊上，等等我……让我们一起去梦里约会！

魔法测试

嘘，你看，他来了！

奇妙的恋爱之旅？

你想不想来一场

角色演じ……嘘，少年他来啦！

京松松软软的草莓泡糖，有能变出高冷王子的奇品魔法。

小洛姐姐施展了一个魔法，现在你们要完成以下步骤，才能见到自己的王子哦!

你遇到自己喜欢的人，会选择什么样的方式对待?

A. 大大方方表白。
B. 默默陪在他身边。
C. 试探一下对方是否也喜欢自己。
D. 害怕去面对，怕对方不喜欢自己。

然而他也是喜欢你的……

A. 主动提出交往。
B. 心照不宣地守在他身边。
C. 寻求适合表白的契机。
D. 哎呀，好羞涩哦！

然而他喜欢的另有其人……

A. 那又怎样？不影响我喜欢他啊！
B. 没关系，他总会被我感动的。
C. 他居然喜欢别人？是不是我哪里不够好？
D. 呜呜呜……他不喜欢人家！

如果有一天你发现你们之间有隔阂了……

A. 你根本没在意有隔阂的问题。
B. 默默做他喜欢的事情，让他看到你的好。
C. 一定要说出来，不然心里憋着难受。
D. 怎么办？我感觉和他的感情要破裂了……

如果有一天你们濒临分手······

A. 居然敢跟我分手？
B. 发现问题，解决问题。
C. 到了这个地步，即使痛苦也还是分开。
D. 大醉一场，然后大哭一场，一笑了之。

安利A

王子类型： 严齐《你是我回忆里的风景》

你的角色是： 柯灵。跟严齐般配指数85%。你是一个对待爱情很热情很专一也很固执的人，严齐这一类的男生会很容易注意到你的热情、你的固执，并会被你吸引。你偶尔大大咧咧，需要这么一个细心可靠的男生来保护你和照顾你哦！

安利B

王子类型： 许泽安《你是我回忆里的风景》

你的角色是： 莫默。跟许泽安般配指数95%。你是一个安静并且喜欢默默付出的人，要同样跟你一样安静温柔的男生才会注意到你的付出。并且，你足够善解人意，他跟你在一起不会很累。你们生活在一起，恬淡的小生活会让你们格外幸福呢！

安利C

王子类型： 陆宇风《你是我回忆里的风景》

你的角色是： 夏沐雨。跟陆宇风般配指数98%。你有一点小脾气，过得也很随意，自尊心也很强。陆宇风这种外表看起来洒脱自在，但是很懂女孩子心思的人最适合你。他会在你要发脾气的时候，及时察觉你的情绪，并巧妙地化解。你这样骄傲的小公主，必须有高情商的男生来收服你啊！

安利D

王子类型： 宁涛《你是我回忆里的风景》

你的角色是： 叶小蓓。跟宁涛般配指数85%。你是个头脑很简单的单纯小女生，只要能欺负他，你就已经很高兴了。宁涛这类男生就可以让你随便欺负，因为他特别宠你。这么甜蜜又有主见的男生，你怎么会不喜欢呢！

魔法测试

女王季きれい重磅来袭！！

——如果《有你的年少时光》中的女孩子都是女王，那么你会是哪一款呢？

来，跟着小洛姐姐手指的方向，让我们往下一步一步走，直到找到属于我们自己的漂亮王冠和礼服，成为让全世界都敬仰的女王大人！

准备好了吗？
燃烧吧，女王们！

我的季节，我做主！

Question · 1

你收到来自森林魔法师的一张邀请函，要你参加森林舞会。这个时候，你会选择以下哪一件礼服？

A.华丽礼服：这样才配得上我的高贵。

B.素白礼服：要淑女一点。

C.个性礼服：适合自己才最重要。

D.可爱礼服：我的世界我做主，哼！

Question · 2

你到了舞会上，发现舞会还没有开始，这个时候你会怎么办？

A.四处走走：快看，那里有帅哥！

B.安静地坐着：好无聊，慢慢等吧。

C.和熟人聊天：啊，终于看到认识的人了。

D.找点心：饿死啦！饿死啦！我要吃！哼！

Question · 3

有服务员经过，不小心撞了你一下，你的礼服被溅上了酒汁，这个时候你会怎么办？

A.骂他：你知不知道，你破坏了我的好心情！

B.没关系：我去洗手间擦擦就好了。

C.满脸通红地掉头就走：羞死人啦！

D.心疼：哎呀，人家最喜欢的裙子呢！

Question · 4

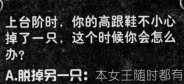

上台阶时，你的高跟鞋不小心掉了一只，这个时候你会怎么办？

A.脱掉另一只：本女王随时都有自信！

B.拜托男士帮忙：先生，麻烦你了。

C.尴尬：今天运气不太好……

D.兴冲冲地去捡：哎呀，鞋子掉了。

Question · 5

你看见主人出来了，发现他是你喜欢的王子。可他周围围了一群女孩子，这个时候你会怎么办？

A.走过去：用气势秒杀她们！

B.优雅地一笑：端起酒杯，隔空与王子碰杯。

C.耐心等待：我的王子人气真的很高呢。

D.不小心摔倒：哎呀，王子，人家好痛，你快过来嘛……

Question · 6

舞会结束，王子要送你回家啦！在浪漫又充满童话氛围的森林里，你想跟王子说些什么呢？

A.今天的感慨：嗯，这个舞会还行吧，还算符合我的口味。

B.关心的话：王子殿下，你今天累吗？

C.并肩不语：哎呀，安静的暧昧，让人脸红心跳呢！

D.关于点心：我跟你讲，那个××特别好吃，特别美味！

铿铿铿! 快来掀开神秘的面纱，
看看你们是哪一种女王吧！！

（霸气女王）
选A最多

代表人物：
张静《有你的年少时光》

你很有自信，什么都喜欢冲在前面，并且表现得很好。你永远是个想要得到更多赞美和认可的女王。你觉得，你就是个站在食物链顶端的人！可是很多时候，我们要顾及一下身边人的感受呢。如果你对每个人都很尊重，都很细心，那么所有人都会拜倒在你的王冠之下啦！

（优雅女王）
选B最多

代表人物：
林素儿《有你的年少时光》

你也是一个自信的女王，但你不会大张旗鼓地表现出来。你知道适当地体现自己，不会盲目冲动，会恰到好处地展现自己最美的时候。这样的你，会吸引很多异性哦。可是，在面对不尽如人意的事情的时候，你可能没有办法选择，这个时候，你就要问问身边人的意见啦。

（亲和女王）
选C最多

代表人物：
姜颜《有你的年少时光》

有人说亲和的人不适合当女王，其实这可不一定。能掌握分寸、不娇柔做作的你，对待每个人都真心实意的你，很容易就能取得大家的信任。可是你的内心深处，还是很缺乏安全感的。所以，好好修炼自己吧，让自己拥有强大的内心，这会让自己和身边的朋友具有更大的优势呢。

（菜鸟女王）
选D最多

代表人物：
安小晓《有你的年少时光》

你是个天真开朗的乐观派，虽然性格大大咧咧、糊里糊涂，很多事情都无法做得特别优秀，但是你对待朋友非常仗义，所以你的小缺点并不会影响你的大优点！而且，小小的失败并不会把你击垮，但是你也会承受不了太大的伤痛。为了未来，为了王子，冲锋吧，菜鸟女王！

如何迅速升级成白富美

暑假到了！默默地摸摸口袋，发现全部家当只剩下100块……

只有100块还能好好当"白富美"吗？

小编迅速翻遍我们的新书，

然后发现……

答案居然是肯定的！

第一步 STEP1

在成为"白富美"之前，必须先摆脱穷光蛋的命运！

《超优候补生》　草莓冬 著

任性刁蛮的大小姐亚米一夜之间变成了穷光蛋，还被自称来自外星的丑玩偶欺骗，落入恐怖的"短时间内强刷好感度"地狱。

关窗1分，擦地板10分，关心同学50分，和人争执扣1000分，被速跑扣10000分！

唯一脱离地狱的方法是——成为超级受欢迎的歌手。

想逃跑？会被十万伏特电流击中哦！

超级热血的少女搞笑励志成长游戏，正式启动。

哦？超自然能力？

好像超出预期了……可不是每个人都能碰到"短时间内强刷好感度地狱"的……再搜索一下！

《微甜三次方》　草莓冬 著

总觉得自己是天底下最不幸的阴沉少女蓝小叶"捡"到一个自称是守护精灵的仙子玩偶，本以为会得到魔法庇护，从此万事如意，获得幸福，可天上真会掉馅饼吗？

"善意之手"须达到100%，否则就会倒大霉？

如果不能在一周内发现"美化之眼"的练习方法，考试永远得零分？

还有"义真之言""纯真之心"等奇怪的称号代表的又是什么呢？

闯过了重重关卡，蓝小叶终于接近开心结时，却震惊地发现所谓的守护精灵背后的真相……

你说这个是获得魔法守护的？

都一样啦！

反正，获得了魔法守护，我们还会穷吗？

如果还不行，敬请期待……

《凉涩花之梦》　草莓冬 著

花梨为了博得关注，声称认识最年轻的国际舞蹈家结璞，却被同学要求拿出证明。

就在花梨吹牛的真相即将被揭开时，结璞竟然真的出现在她面前。同时出现的，还有一个超级可爱的Q版小王子玩偶。

小王子玩偶声称自己是受到诅咒的神界王子，而花梨是能解开诅咒的契约者，解开诅咒的办法是花梨永远不能说谎。

如果说谎，将遭受十万伏电击的惩罚。

是继续说谎抓住虚假的友谊，还是诚实面对不愿回忆的过去，勇敢地重新接受残酷的挑战？

青涩甜美的成长烦恼交织如梦似幻的"魔幻奇缘"，将奏出怎样的命运篇章？

*未出版书籍 以实书为准

既然现在已经起死回生，摆脱了穷光蛋的命运，
我们就有底气追求生活质量啦！
比如说帅哥……

《妖孽少爷别惹我》 草莓冬 著

这个世界上，是不是有另一个我，过着我想要的生活？

因为一份双子契约，两个"奈奈"开始了奇妙的互换身份之旅……

跆拳道黑带九段、人称"女流氓"的浅千奈摇身一变，成了宫家大小姐！可是，千金大小姐并不是那么好当的，绑架、相亲，一个不漏地悉数上演，美梦一瞬间变成噩梦！更可恶的是，还有大少爷伊藤月每天变着花样来纠缠，简直太过分了？

呜呜，说好的平凡女生超梦幻华丽逆转情节呢？为什么现实和理想差了那么多？

这简直就是另类灰姑娘勇闯上流社会的爆笑血泪史啊！

什么？不喜欢"霸道少爷"款？（小心"小白"会打你们哦！）
没问题，我们还有另一种口味！超高智商，学霸必选！

《呆瓜学霸认栽吧》 草莓冬 著

这个世界上，是不是有另一个我，过着我想要的生活？

宫里奈在见到另外一个"自己"时就知道，两个"奈奈"的变身游戏要开始了！

褪去大小姐的华服，"女神变女流氓"的宫里奈在平民学院里简直如鱼得水！

只不过，这三天两头就有"仇家"找上门是怎么回事！

"女流氓"浅千奈的历史遗留问题简直让人头大啊，这一切就交给本小姐处理好了！

木讷憨厚却有亲吻癖的邻居"学霸"、狂野不羁的街头少年、阳光正派的学生会会长，美少年们，通通拜倒在本小姐的脚下吧！

有了帅哥，当然我们自己也要跟上啦！
外貌……呃，既然只有100块，就不要想什么整容了
但是没关系！
我们可以修炼自身，做一个 **气质的美少女！**

《许你向未来》 宅小花 著

一见钟情之后，往往没有太好的结局。

生活不是童话，但许晴嘉却始终坚信，只要努力一点，再努力一点，就能得到自己想要的……最起码，方竟能看她一眼，也算是好的。

始终不愿放手，究竟是那一抹执念，还是永不放弃的希望？

她只知道，有时候上帝总会在绝境中赐予惊喜。

《我们须将独自怀念》 宅小花 著

性格冲动、天性善良的少女郑夏天，为了好友陆双双，和校花陈珂针锋相对，甚至不惜和陈珂结仇，最后却害好友毁容。三年后，因为内疚而改变的郑夏天，重遇当年和陈珂交好的少年顾泽一，渐渐揭开了当年事情的真相，这才发现背叛她的，恰恰是她一直觉得对不起的好友陆双双。

有些人因为爱情背叛了友情，也有些人因为友情而放弃了爱情。在背叛与信任之间，我们做出怎样的选择，就会让我们成为怎样的大人。

嗳……有些事，就让它随着时间，化为永恒不变的记忆吧。

就连花痴少女教主——宅小花都转型了！
你们还在等什么？

有了丰富的内涵，哪怕"颜值"实在跟不上，也没什么好怕的！

不是有美图软件嘛！

互动有奖调查表

姓名：　　　　**年龄：**　　　　**性别：**　　　　**电话：**

地址：

　　欢迎来到魅丽优品的新书新貌新世界！全新的改版，浪漫、诙谐、有趣，种种不同的新书预告和介绍，以多彩多姿的面貌呈现在你的面前。在未来的一年里，我们将持续且创新地在每本书后推出各种精彩新书专栏和展示不同内容，如果你喜欢我们精心创作的这份随书附赠的小小礼物，就请回复我们来支持我们吧。

♥ 你的最爱

1.本期新书预告专栏中，你最爱的栏目是？（多选题，请在最喜欢的几个栏目后打√）

　　八卦茶话屋　　　　　花儿与少年　　　　　　魔法测试　　　　　新秀街

2.本期新书预告专栏中，你最爱的新书是？（请根据你喜欢的栏目内容标明你喜欢的3本新书）

_____

_____

_____

3.本期新书预告专栏中，你最喜欢的作者按顺序是？（请列举三位）

_____、_____、_____

4.本期的图和文字，你更喜欢哪一种？（二选一，在选项后打√）

　　图画排版　　　　文字内容

♥ 线下投票：

　　填好以上表格，将它寄回魅丽优品的大本营：

湖南省长沙市开福区黄兴北路89号上城金都南栋21楼　魅丽优品 市场部 收

你100%有机会得到我们送出的礼品一份。

♥ 线上投票：

　　如果不想寄信，你可以登录我们的微博和微信进行投票，也有机会得到我们送出的新书一本哦。快来扫一扫，进行线上投票吧！

| 魅丽优品微博二维码 | 魅丽优品微信二维码 | 瞳文社微博二维码 | 瞳文社微信二维码 |